Poèmes et Légendes

Henri Heine

Poèmes et Légendes

l'école des lettres
Seuil

Composition : Sereg, Paris
Dépôt légal : février 1995
Imprimé en France par Aubin Imprimeur à Poitiers, Ligugé

Préface

Le livre que je publie aujourd'hui contient la traduction française d'une partie de ces productions lyriques qui m'ont valu dans mon pays le nom de poète. C'est un beau nom, et il vaut bien celui de grand tribun dont j'ai également goûté pendant quelque temps ; j'en ai encore la bouche amère.

L'économie matérielle de ce volume ne me permettait pas de donner ici un recueil complet de mes poésies ; mais faire un choix est chose trop pénible pour le cœur paternel d'un poète, qui est engoué d'une égale tendresse pour toute sa progéniture rimée. Dans cet embarras je pris le parti de rassembler ici seulement les poésies que j'avais déjà traduites dans mes heureux loisirs d'autrefois, et d'y ajouter celles qu'à différentes époques j'avais déjà publiées dans des revues en collaboration avec des amis qui possédaient à la fois l'art du style et celui de la patience, art plus rare encore.

Je n'ai pu résister au douloureux plaisir de réimprimer dans ce livre les gracieuses pages dont mon défunt ami Gérard de Nerval a fait précéder l'*Intermezzo* et *la Mer du Nord*. Je ne peux pas, sans une profonde émotion, songer aux soirées du mois de mars 1848, où le bon et doux Gérard venait tous les jours me trouver dans ma retraite de la barrière de la Santé, pour travailler tranquillement avec moi à la traduction de mes paisibles rêvasseries allemandes, tandis qu'autour de nous vociféraient toutes les passions politiques et s'écroulait le vieux monde avec un fracas épouvantable ! Plongés comme nous étions dans nos discussions esthétiques et même idylliques, nous n'entendîmes pas les cris de la fameuse femme aux grandes mamelles qui parcourait alors les rues de Paris en hurlant son chant : « Des lampions ! Des lampions ! », *la Marseillaise* de la révolution de Février, de malencontreuse mémoire. Malheureusement mon ami Gérard, même dans ses jours lucides, était sujet à de continuelles distractions, et je découvris, mais trop tard pour y remédier, qu'il avait égaré sept morceaux de la série qui forme *la Mer du Nord*. J'ai laissé cette lacune dans mon poème pour ne pas nuire à l'ensemble dont l'harmonieuse unité de couleur et de rythme aurait pu être gâtée par l'intercalation de morceaux dus au labeur inculte de ma propre plume. La diction de Gérard coulait avec une pureté suave, qui était inimitable, et qui ne ressemblait qu'à l'incomparable douceur de son âme. C'était vraiment plutôt une âme qu'un homme, je dis une âme d'ange, quelque banal que soit le mot. Cette âme était essentiellement sympathique, et sans comprendre beaucoup la langue allemande, Gérard devinait mieux le sens d'une poésie écrite en allemand, que ceux qui avaient fait de cet idiome l'étude de toute leur vie. Et c'était un grand artiste ; les parfums de sa pensée étaient toujours enfermés dans des cassolettes d'or merveilleusement ciselées. Pourtant rien de l'égoïsme artiste ne se trouvait en lui ; il était tout candeur enfantine ; il était d'une délicatesse de sensitive ; il était bon, il aimait tout le monde ; il ne jalousait personne ; il n'a jamais égratigné une mouche ; il haussait les épaules, quand par hasard un roquet l'avait mordu. Et malgré toutes ces qualités de talent, de gentillesse et de bonté, mon ami Gérard a fini dans cette ignoble ruelle de la Vieille-Lanterne, de la manière que vous savez.

La pauvreté n'a pas été la cause de ce sinistre événement, mais elle n'y a pas nui. Toujours est-il avéré que l'infortuné, à l'heure fatale, n'avait pas même à sa disposition une chambre un peu propre et bien chauffée où l'on pût prendre ses aises pour se…

Pauvre enfant ! tu méritais bien les larmes qui ont coulé à ton souvenir, et je ne peux retenir les miennes en écrivant ces lignes. Mais tes souffrances terrestres ont cessé, tandis que celles de ton collaborateur de la barrière de la Santé vont toujours leur train. Ne t'attendris pas trop, cher lecteur, à ces paroles ; le jour n'est peut-être pas éloigné où tu auras besoin de toute ta commisération pour toi-même. Est-ce que tu sais comment tu finiras, toi ?

. . . .

En reproduisant également la préface qui précède le poème *Germania, conte d'hiver*, j'avais oublié de remarquer que ces paroles étaient destinées au public allemand et non pas au lecteur français, qui trouvera probablement ce poème de *Germania* parfois trop germanique et trop peu intelligible. J'avoue qu'il y a là une fourmilière d'allusions tudesques, qui auraient besoin de plusieurs volumes de commentaires. En outre, il s'y trouve une foule de passages où la pensée de l'auteur pivote sur des rimes bouffonnes et grotesques, dont l'absence doit rendre la version française quelquefois très flasque, sinon insipide.

C'est toujours une entreprise très hasardée que de reproduire dans la prose d'un idiome roman une œuvre métrique qui appartient à une langue de souche germanique. La pensée intime de l'original s'évapore facilement dans la traduction, et il ne reste que du clair de lune empaillé, comme a dit une méchante personne qui se moquait de mes poésies traduites.

Je te salue, cher lecteur, et je prie Dieu qu'il t'ait dans sa sainte et digne garde.

HENRI HEINE
Paris, ce 25 juin 1855.

Intermezzo

Intermezzo

Écrit en 1821-1822

Notice du traducteur

Henri Heine a rempli une double mission : il n'a pas seulement renversé l'école historique, qui tentait de reconstruire le Moyen Âge, il a aussi prévu l'avenir politique de l'Allemagne, et même il l'a raillé d'avance. En littérature, il renversait d'un souffle en même temps l'école de fausse sensiblerie des poètes souabes, école parasite, mauvaise queue de Goethe, véritable poésie d'album. Ses poésies à lui, pleines d'amour brûlant et pour ainsi dire palpable, revendiquaient le droit du beau contre le faux idéal et les franchises de la vraie liberté contre l'hypocrisie religieuse. On a souvent dit que Heine ne respectait rien, que rien ne lui était sacré : cela est vrai dans ce sens qu'il attaque ce que les petits poètes et les petits rois respectent avant tout, c'està-dire leur fausse grandeur et leur fausse vertu ; mais Heine respecte et fait respecter le vrai beau partout où il le rencontre. Dans ce sens, on l'a appelé à juste titre un païen. Il est en effet grec avant tout. Il admire la forme quand cette forme est belle et divine, il saisit l'idée quand c'est vraiment une idée pleine et entière, non un clair-obscur du sentimentalisme allemand. Sa forme, à lui, est resplendissante de beauté, il la travaille et la cisèle, on ne lui laisse que des négligences calculées. Personne plus que Heine n'a le souci du style. Ce style n'a ni la période courte française, ni la période longue allemande ; c'est la période grecque, simple, coulante, facile à saisir, et aussi harmonieuse à l'oreille qu'à la vue.

Heine n'a jamais fait, à proprement dire, un livre de vers ; ses chants lui sont venus un à un – suggérés toujours soit par un objet qui le frappe, soit par une idée qui le poursuit, soit par un ridicule qu'il poursuit lui-même. Ce qu'on peut lui reprocher, c'est d'avoir attaqué, souvent avec trop de cruauté, ses ennemis personnels. C'est là l'ombre de sa lumière. Plus tard il a reconnu ce tort, mais personne ne le lui reprochait plus, car, même quand il a tort, même quand celui qu'il frappe est une victime digne de pitié, on reconnaît la main du maître en ces sortes d'exécutions : il ne la fait pas souffrir longtemps, il l'abat d'un coup de stylet ou la dépouille en un instant de ses deux mains, comme Apollon arrachant la peau de Marsyas. Dans les poèmes politiques, il s'attache souvent à des personnalités pour en faire jaillir quelques idées justes et frappantes ; il châtie en faisant rire. C'est un Aristophane philosophe qui a le bonheur de s'attaquer à d'autres qu'à Socrate.

Heine n'a jamais créé de système, il est trop universel pour cela ; il n'a songé qu'à retrouver les traces et les contours oubliés de la beauté antique et divine. C'est le Julien de la poésie, plutôt encore que Goethe, parce que, chez Goethe, l'élément spiritualiste et nerveux prédomine beaucoup moins. On le reconnaîtra facilement par la citation que nous allons faire de l'un de ses poèmes. Nous ne craignons pas de jeter cette analyse poétique au milieu des préoccupations du moment, parce qu'il y a des sentiments qui font éternellement vibrer le cœur. L'histoire du cœur d'un grand poète n'est indifférente à personne. Chacun se reconnaît pour une part dans une telle analyse, comme, en voyant une pièce anatomique, on retrouve avec surprise les nerfs, les muscles et les veines que l'on sent vibrer en soi-même. Seulement un système particulier prédomine dans chaque organisation. À ce point de vue, tel poète, Goethe par exemple, serait d'une nature musculeuse et sanguine. C'est le génie harmonieux de l'Antiquité résultant de la force et du calme suprême. Une glaciale impartialité préside aux rapports qu'il établit entre lui et les autres, et l'on peut s'assurer que l'amour même aura chez lui des allures solennelles et classiques. Il lui faudra des obstacles calculés, des motifs tragiques de jalousie ou de désespoir ; il aimera la femme de son ami et se tuera de douleur, comme Werther, ou bien il adorera la sœur d'un prince et deviendra fou comme le Tasse, ou encore, ce sera un chassé-croisé de sentiments contraires comme dans *les Affinités électives*, ou bien l'amour dans des classes différentes comme l'amour d'Hermann pour Dorothée, de Claire pour Egmont. Dans *Faust*, on trouvera même des amours imprégnées de supernaturalisme ; mais l'analyse patiente et maladive d'un amour ordinaire, sans contrastes et sans obstacles, et tirant de sa substance propre ce qui le rend douloureux ou fatal, voilà ce qui appartient à une nature où la sensibilité nerveuse prédomine, comme celle de Henri Heine. L'Antiquité n'a point laissé de traces d'une telle psychologie, qui prend évidemment sa source dans le sentiment biblique et chrétien.

Le poème intitulé *Intermezzo* est, à notre sens, l'œuvre peut-être la plus originale de Henri Heine. Ce titre, volontairement bizarre et d'une négligence un peu affectée, cache plutôt qu'il ne désigne une suite de petites pièces isolées et marquées par des numéros, qui, sans avoir de liaison apparente entre elles, se rattachent à la même idée. L'auteur a retiré le fil du collier, mais aucune perle ne lui manque. Toutes ces strophes décousues ont une unité – l'amour. C'est là un amour entièrement inédit – non qu'il ait rien de singulier, car chacun y reconnaîtra son histoire ; ce qui fait sa nouveauté, c'est qu'il est vieux comme le monde, et les choses qu'on dit les dernières sont les choses naturelles. Ni les Grecs, ni les Romains, ni Mimnerme[1], que l'Antiquité disait supérieur à Homère, ni le doux Tibulle, ni l'ardent Properce, ni l'ingénieux Ovide, ni Dante avec son platonisme, ni Pétrarque avec ses galants *concetti*, n'ont jamais rien écrit de semblable. Léon l'Hébreu n'a compris rien de pareil dans ses analyses scolastiques de la *Philosophie d'amour*. Pour trouver quelque chose d'analogue, il faudrait remonter jusqu'au Cantique des cantiques, jusqu'à la

1. Mimnerme de Colophon, poète et musicien grec (VIIe siècle av. J.-C.), tenu pour le créateur de l'élégie amoureuse.

magnificence des inspirations orientales. Voilà des accents et des touches dignes de Salomon, le premier écrivain qui ait confondu dans le même lyrisme le sentiment de l'amour et le sentiment de Dieu.

Quel est le sujet de l'*Intermezzo* ? Une jeune fille d'abord aimée par le poète, et qui le quitte pour un fiancé ou pour tout autre amant riche ou stupide. Rien de plus, rien de moins ; la chose arrive tous les jours. La jeune fille est jolie, coquette, frivole, un peu méchante, moitié par caprice, moitié par ignorance. Les Anciens représentaient l'âme sous la forme d'un papillon. Comme Psyché, cette femme tient dans ses mains l'âme délicate de son amant, et lui fait subir toutes les tortures que les enfants font souffrir aux papillons. Ce n'est pas toujours mauvaise intention sans doute ; cependant la poussière bleue et rouge lui reste aux doigts, la frêle gaze se déchire, et le pauvre insecte s'échappe tout froissé. Du reste, chez cette jeune fille peut-être aucun don particulier, ni beauté surhumaine, ni charme souverain ; des yeux bleus, de petites joues fraîches, un sourire vermeil, une peau douce, de l'esprit comme une rose et du goût comme un fruit, voilà tout. Qui n'a dans ses souvenirs de jeunesse un portrait de ce genre à moitié effacé ? Cette donnée toute vulgaire, qui ne fournirait pas deux pages de roman, est devenue entre les mains de Henri Heine un admirable poème, dont les péripéties sont toutes morales ; toute l'âme humaine vibre dans ces petites pièces, dont les plus longues ont trois ou quatre strophes. Passion, tristesse, ironie, vif sentiment de la nature et de la beauté plastique, tout cela s'y mélange dans la proportion la plus imprévue et la plus heureuse ; il y a çà et là des pensées de moraliste condensées en deux vers, en deux mots ; un trait comique vous fait pleurer, une apostrophe pathétique vous fait rire ; les larmes à chaque instant vous viennent aux paupières et le sourire aux lèvres, sans qu'on puisse dire pourquoi, tant la fibre secrète a été touchée d'une main légère ! En lisant l'*Intermezzo*, l'on éprouve comme une espèce d'effroi : vous rougissez comme surpris dans votre secret ; les battements de votre cœur sont rythmés par ces strophes, par ces vers, de huit syllabes pour la plupart. Ces pleurs que vous aviez versés tout seul, au fond de votre chambre, les voilà figés et cristallisés sur une trame immortelle. Il semble que le poète ait entendu vos sanglots, et pourtant ce sont les siens qu'il a notés.

Un doux clair de lune éclaire toujours un côté des figures, et la rêverie allemande, bien que raillée avec une grâce extrême, se fait jour à travers l'ironie française et l'humour byronien. Ce qu'il y a de surprenant, c'est que ces images si fugitives, ces impressions si vaporeuses, sont taillées et ciselées dans le plus pur marbre antique, et cela sans fatigue, sans travail apparent, sans que jamais la forme gêne la pensée. La traduction laissera-t-elle subsister quelque chose de cette plastique intellectuelle ? Le lecteur pourra s'appliquer à la recomposer du moins.

. . . .

Comme tous les grands poètes, Heine a toujours la nature présente. Dans sa rêverie la plus abstraite, sa passion la plus abîmée en elle-même ou sa mélancolie la plus désespérée, une image, une épithète formant tableau, vous rappellent le ciel bleu, le feuillage vert, les fleurs épanouies. Les parfums qui s'évaporent, l'oiseau qui s'envole, l'eau qui bruit, ce changeant et mobile paysage qui vous entoure sans cesse, éternelle décoration du drame humain. Cet amour ainsi exhalé au milieu des formes, des couleurs et des sons, vivant de la vie générale, malgré l'égoïsme naturel à la passion, emprunte à l'imagination panthéiste du poète une grandeur facile et simple qu'on ne rencontre pas ordinairement chez les rimeurs élégiaques. Le sujet devient immense ; c'est, comme dans l'*Intermezzo*, la souffrance de l'âme aimant le corps, d'un esprit vivant lié à un charmant cadavre : ingénieux supplice renouvelé de l'*Énéide* ; c'est Cupidon ayant pour Psyché une bourgeoise de Paris ou de Cologne. Et cependant, qu'elle est adorablement vraie ! Comme on la hait et comme on l'aime, cette bonne fille si mauvaise, cet être si charmant et si perfide, si femme de la tête aux pieds ! « Le monde dit que tu n'as pas un bon caractère, s'écrie tristement le poète, mais tes baisers en sont-ils moins doux ? » Qui ne voudrait souffrir ainsi ? Ne rien sentir, voilà le supplice : c'est vivre encore que de regarder couler son sang.

Ce qu'il y a de beau dans Henri Heine, c'est qu'il ne se fait pas illusion ; il accepte la femme telle qu'elle est, il l'aime malgré ses défauts et surtout à cause de ses défauts ; heureux ou malheureux, accepté ou refusé, il sait qu'il va souffrir et il ne recule pas ; voyageant, à sa fantaisie, du monde biblique au monde païen, il lui donne parfois la croupe de lionne et les griffes d'airain des chimères. La femme est la chimère de l'homme, ou son démon, comme vous voudrez – un monstre adorable, mais un monstre ; aussi règne-t-il dans toutes ces jolies strophes une terreur secrète. Les roses sentent trop bon, le gazon est trop frais, le rossignol trop harmonieux ! Tout cela est fatal ; le parfum asphyxie, l'herbe fraîche recouvre une fosse, l'oiseau meurt avec sa dernière note... Hélas ! et lui, le poète inspiré, va-t-il aussi nous dire adieu ?

GÉRARD DE NERVAL

Revue des Deux Mondes, 15 septembre 1848.

Prélude

C'est l'antique forêt aux enchantements. On y respire la senteur des fleurs du tilleul ; le merveilleux éclat de la lune remplit mon cœur de délices.

J'allais, et, comme j'avançais, il se fit quelque bruit dans l'air : c'est le rossignol qui chante d'amour et de tourments d'amour.

Il chante l'amour et ses peines, et ses larmes et ses sourires ; il s'agite si tristement, il se lamente si gaiement, que mes rêves oubliés se réveillent !

J'allais plus loin, et, comme j'avançais, je vis s'élever devant moi, dans une clairière, un grand château à la haute toiture.

Les fenêtres étaient closes, et tout alentour était empreint de deuil et de tristesse ; on eût dit que la mort taciturne demeurait dans ces tristes murs.

Devant la porte était un sphinx d'un aspect à la

fois effrayant et attrayant, avec le corps et les griffes d'un lion, la tête et les reins d'une femme.

Une belle femme ! son regard appelait de sauvages voluptés ; le sourire de ses lèvres arquées était plein de douces promesses.

Le rossignol chantait si délicieusement ! Je ne pus résister, et, dès que j'eus donné un baiser à cette bouche mystérieuse, je me sentis pris dans le charme.

La figure de marbre devint vivante. La pierre commençait à jeter des soupirs. Elle but toute la flamme de mon baiser avec une soif dévorante.

Elle aspira presque le dernier souffle de ma vie, et enfin, haletante de volupté, elle étreignit et déchira mon pauvre corps avec ses griffes de lion.

Délicieux martyre, jouissance douloureuse, souffrance et plaisirs infinis ! Tandis que le baiser de cette bouche ravissante m'enivrait, les ongles des griffes me faisaient de cruelles plaies.

Le rossignol chanta : « Ô toi, beau sphinx, ô amour ! pourquoi mêles-tu de si mortelles douleurs à toutes les félicités ?

Ô beau sphinx ! ô amour ! révèle-moi cette énigme fatale. – Moi, j'y ai réfléchi déjà depuis près de mille ans. »

I

Au splendide mois de mai, alors que tous les bourgeons rompaient l'écorce, l'amour s'épanouit dans mon cœur.

Au splendide mois de mai, alors que tous les oiseaux commençaient à chanter, j'ai confessé à ma toute belle mes vœux et mes tendres désirs.

II

De mes larmes naît une multitude de fleurs brillantes, et mes soupirs deviennent un chœur de rossignols.

Et si tu veux m'aimer, petite, toutes ces fleurs sont à toi, et devant ta fenêtre retentira le chant des rossignols.

III

Roses, lis, colombes, soleil, autrefois j'aimais tout cela avec délices ; maintenant je ne l'aime plus, je n'aime que toi, source de tout amour, et qui es à la fois pour moi la rose, le lis, la colombe et le soleil.

IV

Quand je vois tes yeux, j'oublie mon mal et ma douleur, et, quand je baise ta bouche, je me sens guéri tout à fait.

Si je m'appuie sur ton sein, une joie céleste plane au-dessus de moi ; pourtant, si tu dis : Je t'aime ! soudain je pleure amèrement.

V

Appuie ta joue sur ma joue, afin que nos pleurs se confondent ; presse ton cœur contre mon cœur, pour qu'ils ne brûlent que d'une seule flamme.

Et quand dans cette grande flamme coulera le torrent de nos larmes, et que mon bras t'étreindra avec force, alors je mourrai de bonheur dans un transport d'amour.

VI

Je voudrais plonger mon âme dans le calice d'un lis blanc ; le lis blanc doit alors soupirer une chanson pour ma bien-aimée.

La chanson doit trembler et frissonner comme le baiser que m'ont donné autrefois ses lèvres dans une heure mystérieuse et tendre.

VII

Là-haut, depuis des milliers d'années, se tiennent immobiles les étoiles, et elles se regardent avec un douloureux amour.

Elles parlent une langue fort riche et fort belle ; pourtant aucun philologue ne saurait comprendre cette langue.

Moi, je l'ai apprise, et je ne l'oublierai jamais ; le visage de ma bien-aimée m'a servi de grammaire.

VIII

Sur l'aile de mes chants je te transporterai ; je te transporterai jusqu'aux rives du Gange ; là, je sais un endroit délicieux.

Là fleurit un jardin embaumé sous les calmes rayons de la lune ; les fleurs du lotus attendent leur chère petite sœur.

Les hyacinthes rient et jasent entre elles, et clignotent du regard avec les étoiles ; les roses se content à l'oreille des propos parfumés.

Les timides et bondissantes gazelles s'approchent et écoutent, et, dans le lointain, bruissent les eaux solennelles du fleuve sacré.

Là nous nous étendrons sous les palmiers dont l'ombre nous versera des rêves d'une béatitude céleste.

IX

Le lotus ne peut supporter la splendeur du soleil, et, la tête penchée, il attend en rêvant la nuit.

La lune, qui est son amante, l'éveille avec sa

lumière, et il lui dévoile amoureusement son doux visage de fleur.

Il regarde, rougit et brille, et se dresse muet dans l'air ; il soupire, pleure et tressaille d'amour et d'angoisse d'amour.

X

Dans les eaux du Rhin, le saint fleuve, se joue, avec son grand dôme, la grande, la sainte Cologne.

Dans le dôme est une figure peinte sur cuir doré ; sur le désert de ma vie elle a doucement rayonné.

Des fleurs et des anges flottent au-dessus de Notre-Dame ; les yeux, les lèvres, les joues ressemblent à ceux de ma bien-aimée.

XI

Tu ne m'aimes pas, tu ne m'aimes pas : ce n'est pas cela qui me chagrine ; cependant, pourvu que je puisse regarder tes yeux, je suis content comme un roi.

Tu vas me haïr, tu me hais ; ta bouche rose me le dit. Tends ta bouche rose à mon baiser, et je serai consolé.

XII

Oh ! ne jure pas, et embrasse-moi seulement ; je ne crois pas aux serments des femmes. Ta parole est douce, mais plus doux encore est le baiser que je t'ai ravi. Je te possède, et je crois que la parole n'est qu'un souffle vain.

Oh ! jure, ma bien-aimée, jure toujours : je te crois sur un seul mot. Je me laisse tomber sur ton sein, et je crois que je suis bien heureux ; je crois, ma bien-aimée, que tu m'aimeras éternellement et plus longtemps encore.

XIII

Sur les yeux de ma bien-aimée j'ai fait les plus belles canzones ; sur la petite bouche de ma bien-aimée j'ai fait les meilleures terzines ; sur les yeux de ma bien-aimée j'ai fait les plus magnifiques stances. Et si ma bien-aimée avait un cœur, je lui ferais sur son cœur quelque beau sonnet.

XIV

Le monde est stupide, le monde est aveugle ; il devient tous les jours plus absurde : il dit de toi, ma belle petite, que tu n'as pas un bon caractère.

Le monde est stupide, le monde est aveugle, et il te méconnaîtra toujours : il ne sait pas combien tes étreintes font frémir de bonheur et combien tes baisers sont brûlants.

XV

Ma bien-aimée, il faut que tu me le dises aujourd'hui : es-tu une de ces visions qui, aux jours étouffants de l'été, sortent du cerveau du poète ?

Mais non : une si jolie petite bouche, des yeux si enchanteurs, une si belle, si aimable enfant, un poète ne crée pas cela.

Des basiliques et des vampires, des dragons et des monstres, tous ces vilains animaux fabuleux, l'imagination du poète les crée.

Mais toi, et ta malice, et ton gracieux visage, et tes perfides et doux regards, le poète ne crée pas cela.

XVI

Comme Vénus sortant des ondes écumeuses, ma bien-aimée rayonne dans tout l'éclat de sa beauté, car c'est aujourd'hui son jour de noces.

Mon cœur, mon cœur, toi qui es si patient, ne lui garde pas rancune de cette trahison ; supporte la douleur, supporte et excuse, quelque chose que la chère folle ait faite.

XVII

Je ne t'en veux pas ; et si mon cœur se brise, bien-aimée que j'ai perdue pour toujours, je ne t'en veux pas ! Tu brilles de tout l'éclat de la parure nuptiale, mais aucun rayon de tes diamants ne tombe dans la nuit de ton cœur.

Je le sais depuis longtemps. Je t'ai vue naguère en rêve, et j'ai vu la nuit qui remplit ton âme et les vipères qui serpentent dans cette nuit. J'ai vu, ma bien-aimée, combien au fond tu es malheureuse.

XVIII

Oui, tu es malheureuse, et je ne t'en veux pas ; ma chère bien-aimée, nous devons être malheureux tous les deux. Jusqu'à ce que la mort brise notre cœur, ma chère bien-aimée, nous devons être malheureux.

Je vois bien la moquerie qui voltige autour de tes lèvres, je vois l'éclat insolent de tes yeux, je vois l'orgueil qui gonfle ton sein, et pourtant je dis : Tu es aussi misérable que moi-même.

Une invisible souffrance fait palpiter tes lèvres, une larme cachée ternit l'éclat de tes yeux, une plaie secrète ronge ton sein orgueilleux ; ma chère bien-aimée, nous devons être misérables tous les deux !

XIX

Tu as donc entièrement oublié que bien longtemps j'ai possédé ton cœur, ton petit cœur, si doux, si faux et si mignon, que rien au monde ne peut être plus mignon et plus faux ?

Tu as donc oublié l'amour et le chagrin qui me serraient à la fois le cœur ?... Je ne sais pas si l'amour était plus grand que le chagrin, je sais qu'ils étaient suffisamment grands tous les deux.

XX

Et si les fleurs, les bonnes petites, savaient combien mon cœur est profondément blessé, elles verseraient dans ma plaie le baume de leurs parfums.

Et si les rossignols savaient combien je suis triste et malade, ils feraient entendre un chant joyeux pour me distraire de mes souffrances.

Et si, là-haut, les étoiles d'or savaient ma douleur, elles quitteraient le firmament et viendraient m'apporter des consolations étincelantes.

Aucun d'entre tous, personne ne peut savoir ma peine ; elle seule la connaît, elle qui m'a déchiré le cœur !

XXI

Pourquoi les roses sont-elles si pâles, dis-moi, ma bien-aimée, pourquoi ?

Pourquoi dans le vert gazon les violettes sont-elles si flétries et si ennuyées ?

Pourquoi l'alouette chante-t-elle d'une voix si mélancolique dans l'air ? Pourquoi s'exhale-t-il des bosquets de jasmins une odeur funéraire ?

Pourquoi le soleil éclaire-t-il les prairies d'une lueur si chagrine et si froide ? Pourquoi toute la terre est-elle grise et morne comme une tombe ?

Pourquoi suis-je moi-même si malade et si triste ? ma chère bien-aimée, dis-le-moi. Oh ! dis-moi, chère bien-aimée de mon cœur, pourquoi m'as-tu abandonné ?

XXII

Ils ont beaucoup jasé sur mon compte et fait bien des plaintes ; mais ce qui réellement accablait mon âme, ils ne te l'ont pas dit.

Ils ont pris de grands airs et secoué gravement la tête ; ils m'ont appelé le diable, et tu as tout cru.

Cependant, le pire de tout, ils ne l'ont pas su ; ce qu'il y avait de pire et de plus stupide, je le tenais bien caché dans mon cœur.

XXIII

Le tilleul fleurissait, le rossignol chantait, le soleil souriait d'un air gracieux ; tu m'embrassais alors, et ton bras était enlacé autour de moi ; alors tu me pressais sur ta poitrine agitée.

Les feuilles tombaient, le corbeau croassait, le soleil jetait sur nous des regards maussades ; alors nous nous disions froidement : « Adieu ! » et tu me faisais poliment la révérence la plus civile du monde.

XXIV

Nous nous sommes beaucoup aimés, et pourtant nous ne nous boudions jamais trop. Enfants, nous avons souvent joué *au mari et à la femme*, et pourtant alors nous ne nous sommes ni chamaillés ni battus. Plus tard, nous avons ri et plaisanté ensemble, et nous nous sommes donné, comme autrefois, de tendres baisers. Enfin, évoquant les plaisirs de notre enfance, nous avons joué à *cache-cache* dans les champs et les bois, et nous avons si bien su nous cacher, que nous ne nous retrouverons jamais !

XXV

Tu m'es restée fidèle longtemps, tu t'es intéressée pour moi, tu m'as consolé et assisté dans mes misères et dans mes angoisses.

Tu m'as donné le boire et le manger ; tu m'as prêté de l'argent, fourni du linge et le passeport pour le voyage.

Ma bien-aimée ! que Dieu te préserve encore longtemps du chaud et du froid, et *qu'il ne te récompense jamais du bien que tu m'as fait !*

XXVI

Et tandis que je m'attardais si longtemps à rêvasser et à extravaguer dans des pays étrangers, le temps parut long à ma bien-aimée, et elle se fit faire une robe de noces, et elle entoura de ses tendres bras le plus sot des fiancés.

Ma bien-aimée est si belle et si charmante, sa gracieuse image est encore devant mes yeux ; les violettes de ses yeux, les roses de ses joues et les lis de son front brillent et fleurissent toute l'année. Croire que je pusse m'éloigner d'une telle maîtresse était la plus sotte de mes sottises.

XXVII

Ma douce bien-aimée, quand tu seras couchée dans le sombre tombeau, je descendrai à tes côtés et je me serrerai près de toi.

Je t'embrasse, je t'enlace, je te presse avec ardeur, toi muette, toi froide, toi blanche ! Je crie, je frissonne, je tressaille, je meurs.

Minuit sonne, les morts se lèvent, ils dansent en

troupes nébuleuses. Quant à nous, nous resterons tous les deux dans la fosse, l'un dans les bras de l'autre.

Au jour du jugement les morts se lèvent, les trompettes les appellent aux joies et aux tortures ; quant à nous, nous ne nous inquiéterons de rien et nous resterons couchés et enlacés.

XXVIII

Un sapin isolé se dresse sur une montagne aride du Nord. Il sommeille ; la glace et la neige l'enveloppent d'un manteau blanc.

Il rêve d'un palmier, qui, là-bas, dans l'Orient lointain, se désole solitaire et taciturne sur la pente d'un rocher brûlant.

XXIX

La tête dit : « Ah ! si j'étais seulement le tabouret où reposent les pieds de la bien-aimée ! » Elle trépignerait sur moi que je ne ferais pas même entendre une plainte.

Le cœur dit : « Ah ! si j'étais seulement la pelote sur laquelle elle plante ses aiguilles ! » Elle me piquerait jusqu'au sang que je me réjouirais de ma blessure.

La chanson dit : « Ah ! si j'étais seulement le chiffon de papier dont elle se sert pour faire des papillotes ! » Je lui murmurerais à l'oreille tout ce qui vit et respire en moi.

XXX

Lorsque ma bien-aimée était loin de moi, je perdais entièrement le rire. Beaucoup de pauvres hères s'évertuaient à dire de mauvaises plaisanteries, mais moi je ne pouvais pas rire.

Depuis que je l'ai perdue, je n'ai plus la faculté de pleurer, mon cœur se brise de douleur, mais je ne puis pas pleurer.

XXXI

De mes grands chagrins je fais de petites chansons ; elles agitent leur plumage sonore et prennent leur vol vers le cœur de ma bien-aimée.

Elles en trouvent le chemin, puis elles reviennent et se plaignent ; elles se plaignent et ne veulent pas dire ce qu'elles ont vu dans son cœur.

XXXII

Je ne puis pas oublier, ô ma maîtresse, ma douce amie, que je t'ai autrefois possédée corps et âme.

Pour le corps je voudrais encore le posséder, ce corps si svelte et si jeune ; quant à l'âme, vous pouvez bien la mettre en terre… J'ai assez d'âme moi-même.

Je veux partager mon âme et t'en insuffler la moitié, puis je m'entrelacerai avec toi et nous formerons un tout de corps et d'âme.

XXXIII

Des bourgeois endimanchés s'ébaudissent parmi les bois et les prés ; ils poussent des cris de joie, ils bondissent comme des chevreaux, saluant la belle nature.

Ils regardent avec des yeux éblouis la romantique efflorescence de la verdure nouvelle. Ils absorbent avec leurs longues oreilles les mélodies des moineaux.

Moi, je couvre la fenêtre de ma chambre d'un rideau sombre, cela me vaut en plein jour une visite de mes spectres chéris.

L'amour défunt m'apparaît, il revient du royaume des ombres, il s'assied près de moi, et par ses larmes me navre le cœur.

XXXIV

Maintes images des temps oubliés sortent de leur tombe et me montrent comment je vivais jadis près de toi, ma bien-aimée.

Le jour je vaguais en rêvant par les rues ; les voisins me regardaient étonnés, tant j'étais triste et taciturne.

La nuit, c'était mieux ; les rues étaient désertes ; moi et mon ombre nous errions silencieusement de compagnie.

D'un pas retentissant j'arpentais le pont ; la lune perçait les nuages et me saluait d'un air sérieux.

Je me tenais immobile devant ta maison, et je regardais en l'air ; je regardais vers ta fenêtre, et le cœur me saignait.

Je sais que tu as fort souvent jeté un regard du haut de ta fenêtre, et que tu as bien pu m'apercevoir au clair de lune, planté là comme une colonne.

XXXV

Un jeune homme aime une jeune fille, laquelle en a choisi un autre ; l'autre en aime une autre, et il s'est marié avec elle.

De chagrin, la jeune fille épouse le premier freluquet venu qu'elle rencontre sur son chemin ; le jeune homme s'en trouve fort mal.

C'est une vieille histoire qui reste toujours nouvelle, et celui à qui elle vient d'arriver en a le cœur brisé.

XXXVI

Quand j'entends résonner la petite chanson que ma bien-aimée chantait autrefois, il me semble que ma poitrine va se rompre sous l'étreinte de ma douleur.

Un obscur désir me pousse vers les hauteurs des bois ; là, se dissout en larmes mon immense chagrin.

XXXVII

J'ai rêvé d'une enfant de roi aux joues pâles et humides ; nous étions assis sous les tilleuls verts, et nous nous tenions amoureusement embrassés.

« Je ne veux pas le trône de ton père, je ne veux pas son sceptre d'or, je ne veux pas sa couronne de diamants ; je veux toi-même, toi, fleur de beauté !

– Cela ne se peut pas, me répondit-elle ; j'habite la tombe, et je ne peux venir à toi que la nuit, et je viens parce que je t'aime. »

XXXVIII

Ma chère bien-aimée, nous nous étions tendrement assis ensemble dans une nacelle légère. La nuit était calme, et nous voguions sur une vaste nappe d'eau.

La mystérieuse île des esprits se dessinait vaguement aux lueurs du clair de lune ; là résonnaient des sons délicieux, là flottaient des danses nébuleuses.

Les sons devenaient de plus en plus suaves, la ronde tourbillonnait plus entraînante. Cependant, nous deux, nous voguions sans espoir sur la vaste mer.

XXXIX

Je t'ai aimée, et je t'aime encore ! Et le monde s'écroulerait, que de ses ruines s'élanceraient encore les flammes de mon amour.

XL

Par une brillante matinée, je me promenais dans le jardin. Les fleurs chuchotaient et parlaient ensemble, mais moi je marchais silencieux.

Les fleurs chuchotaient et parlaient, et me regardaient avec compassion. « Ne te fâche pas contre notre sœur, ô toi, triste et pâle amoureux ! »

XLI

Mon amour luit dans sa sombre magnificence comme un conte fantastique raconté dans une nuit d'été.

Dans un jardin enchanté, deux amants erraient solitaires et muets. Les rossignols chantaient, la lune brillait.

La belle adorée s'arrêta, calme comme une statue ; le chevalier s'agenouilla devant elle. Vint le géant du désert, la timide jeune fille s'enfuit.

Le chevalier pourfendu tomba sanglant sur la

terre ; le géant retourna lourdement dans sa caverne. Je suis parfaitement occis, on n'a plus qu'à m'enterrer, et le conte est fini.

XLII

Ils m'ont tourmenté, fait pâlir et blêmir de chagrin, les uns avec leur amour, les autres avec leur haine.

Ils ont empoisonné mon pain, versé du poison dans mon verre, les uns avec leur haine, les autres avec leur amour.

Pourtant la personne qui m'a le plus tourmenté, chagriné et navré, est celle qui ne m'a jamais haï et ne m'a jamais aimé.

XLIII

L'été brûlant réside sur tes joues ; l'hiver, le froid hiver habite dans ton cœur.

Cela changera un jour, ô ma bien-aimée ! L'hiver sera sur tes joues, l'été sera dans ton cœur.

XLIV

Lorsque deux amants se quittent, ils se donnent la main et se mettent à pleurer et à soupirer sans fin.

Nous n'avons pas pleuré, nous n'avons pas soupiré : les larmes et les soupirs ne sont venus qu'après.

XLV

Assis autour d'une table de thé, ils parlaient beaucoup de l'amour. Les hommes faisaient de l'esthétique, les dames faisaient du sentiment.

« L'amour doit être platonique », dit le maigre conseiller. La conseillère sourit ironiquement, et cependant elle soupira tout bas : « Hélas ! »

Le chanoine ouvrit une large bouche : « L'amour ne doit pas être trop sensuel ; autrement, il nuit à la santé. » La jeune demoiselle murmura : « Pourquoi donc ? »

La comtesse dit d'un air dolent : « L'amour est une passion ! » et elle présenta poliment une tasse à M. le baron.

Il y avait encore à la table une petite place ; ma chère, tu y manquais. Toi, tu aurais si bien dit ton opinion sur l'amour.

XLVI

Mes chants sont empoisonnés : comment pourrait-il en être autrement ? Tu as versé du poison sur la fleur de ma vie.

Mes chants sont empoisonnés : comment pourrait-il en être autrement ? Je porte dans le cœur une multitude de serpents, et toi, ma bien-aimée !

XLVII

Mon ancien rêve m'est revenu : c'était par une nuit du mois de mai ; nous étions assis sous les tilleuls, et nous nous jurions une fidélité éternelle.

Et les serments succédaient aux serments, entremêlés de rires, de confidences et de baisers ; pour que je me souvienne du serment, tu m'as mordu la main !

Ô bien-aimée aux yeux bleus ! ô bien-aimée aux blanches dents ! le serment aurait bien suffi ; la morsure était de trop.

XLVIII

Je montai au sommet de la montagne et je devins sentimental. « Si j'étais un oiseau ! » soupirai-je tendrement.

Si j'étais une hirondelle, je volerais vers toi, ma mignonne, et je bâtirais mon petit nid sous les corniches de ta fenêtre.

Si j'étais un rossignol, je volerais vers toi, ma mignonne, et, du milieu des verts tilleuls, je t'enverrais la nuit, mes chansons.

Si j'étais un serin, je volerais aussitôt vers ton cœur, car, comme on me l'a dit, ma mignonne, tu aimes les serins, et tu te réjouis de leur bavardage.

XLIX

J'ai pleuré en rêve ; je rêvais que tu étais morte ; je m'éveillai, et les larmes coulèrent de mes joues.

J'ai pleuré en rêve ; je rêvais que tu me quittais ; je m'éveillai, et je pleurai amèrement longtemps après.

J'ai pleuré en rêve ; je rêvais que tu m'aimais encore ; je m'éveillai, et le torrent de mes larmes coule toujours.

L

Toutes les nuits je te vois en rêve, et je te vois souriant gracieusement, et je me précipite en sanglotant à tes pieds chéris.

Tu me regardes d'un air triste, et tu secoues ta blonde petite tête ; de tes yeux coulent les perles humides de tes larmes.

Tu me dis tout bas un mot, et tu me donnes un bouquet de roses blanches. Je m'éveille, et le bouquet est disparu, et je veux oublier le mot.

LI

La pluie et le vent d'automne hurlent et mugissent dans la nuit ; où peut se trouver à cette heure ma pauvre, ma timide enfant ?

Je la vois appuyée à sa fenêtre, dans sa chambrette solitaire ; les yeux remplis de larmes, elle plonge ses regards dans les ténèbres profondes.

LII

Le vent d'automne secoue les arbres, la nuit est humide et froide ; enveloppé d'un manteau gris, je traverse à cheval le bois.

Et tandis que je chevauche, mes pensées galopent devant moi ; elles me portent léger et joyeux à la maison de ma bien-aimée.

Les chiens aboient, les valets paraissent avec des flambeaux ; je gravis l'escalier de marbre en faisant retentir mes éperons sonores.

Dans une chambre garnie de tapis et brillamment éclairée, au milieu d'une atmosphère tiède et parfumée, ma bien-aimée m'attend. Je me précipite dans ses bras.

Le vent murmure dans les feuilles, le chêne chuchote dans ses rameaux : « Que veux-tu, fou cavalier, avec ton rêve insensé ? »

LIII

Une étoile tombe de son étincelante demeure, c'est l'étoile de l'amour que je vois tomber !

Il tombe des pommiers beaucoup de fleurs et de feuilles blanches ; les vents taquins les emportent et se jouent avec elles.

Le cygne chante dans l'étang, il s'approche et s'éloigne du rivage, et, toujours chantant plus bas, il plonge dans sa tombe liquide.

Tout alentour est calme et sombre ; feuilles et fleurs sont emportées ; l'étoile a tristement disparu dans sa chute, et le chant du cygne a cessé.

LIV

Un rêve m'a transporté dans un château gigantesque, rempli de lumières et de vapeurs magiques, et où une foule bariolée se répandait à travers le dédale des appartements. La troupe, blême, cherchait la porte de sortie en se tordant convulsivement les mains et en poussant des cris d'angoisse. Des dames et des chevaliers se voyaient dans la foule ; je me vis moi-même entraîné par la cohue.

Cependant, tout à coup je me trouvai seul, et je me demandai comment cette multitude avait pu s'évanouir aussi promptement. Et je me mis à marcher, me précipitant à travers les salles, qui s'embrouillaient étrangement. Mes pieds étaient de plomb, une angoisse mortelle m'étreignait le cœur ; je désespérai bientôt de trouver une issue. J'arrivai enfin à la dernière porte ; j'allais la franchir... Ô Dieu ! qui m'en défend le passage ?

C'était ma bien-aimée qui se tenait devant la porte, le chagrin sur les lèvres, le souci sur le front. Je dus reculer, elle me fit signe de la main ; je ne savais si c'était un avertissement ou un reproche. Pourtant, dans ses yeux brillait un doux feu qui me fit tressaillir le cœur. Tandis qu'elle me regardait d'un air sévère et singulier, mais pourtant si plein d'amour,... je m'éveillai.

LV

La nuit était froide et muette ; je parcourais lamentablement la forêt. J'ai secoué les arbres de leur sommeil, ils ont hoché la tête d'un air de compassion.

LVI

Au carrefour sont enterrés ceux qui ont péri par le suicide; une fleur bleue s'épanouit là; on la nomme la fleur de l'âme damnée.

Je m'arrêtai au carrefour et je soupirai; la nuit était froide et muette. Au clair de la lune, se balançait lentement la fleur de l'âme damnée.

LVII

D'épaisses ténèbres m'enveloppent depuis que la lumière de tes yeux ne m'éblouit plus, ma bien-aimée.

Pour moi s'est éteinte la douce clarté de l'étoile d'amour; un abîme s'ouvre à mes pieds: engloutis-moi, nuit éternelle!

LVIII

La nuit s'étendait sur mes yeux, j'avais du plomb sur ma bouche; le cœur et la tête engourdis, je gisais au fond de la tombe.

Après avoir dormi je ne puis dire pendant combien de temps, je m'éveillai, et il me sembla qu'on frappait à mon tombeau.

« Ne vas-tu pas te lever, Henri ? Le jour éternel luit, les morts sont ressuscités : l'éternelle félicité commence.

– Mon amour, je ne puis me lever, car je suis toujours aveugle ; à force de pleurer, mes yeux se sont éteints.

– Je veux par mes baisers, Henri, enlever la nuit qui te couvre les yeux ; il faut que tu voies les anges et la splendeur des cieux.

– Mon amour, je ne puis me lever, la blessure qu'un mot de toi m'a faite au cœur saigne toujours.

– Je pose légèrement ma main sur ton cœur, Henri ; cela ne saignera plus ; ta blessure est guérie.

– Mon amour, je ne puis me lever, j'ai aussi une blessure qui saigne à la tête ; je m'y suis logé une balle de plomb lorsque tu m'as été ravie.

– Avec les boucles de mes cheveux, Henri, je bouche la blessure de ta tête, et j'arrête le flot de ton sang, et je te rends la tête saine. »

La voix priait d'une façon si charmante et si douce, que je ne pus résister ; je voulus me lever et aller vers la bien-aimée.

Soudain mes blessures se rouvrirent, un flot de sang s'élança avec violence de ma tête et de ma poitrine, et voilà que je suis éveillé.

Épilogue

Il s'agit d'enterrer les vieilles et méchantes chansons, les lourds et tristes rêves ; allez me chercher un grand cercueil.

J'y mettrai bien des choses, vous le verrez bien ; il faut que le cercueil soit encore plus grand que la grosse tonne de Heidelberg.

Allez me chercher aussi une bière de planches solides et épaisses ; il faut qu'elle soit plus longue que le pont de Mayence.

Et amenez-moi aussi douze géants encore plus forts que le vigoureux saint Christophe du dôme de Cologne sur le Rhin.

Il faut qu'ils transportent le cercueil et le jettent à la mer ; un aussi grand cercueil demande une grande fosse.

Savez-vous pourquoi il faut que ce cercueil soit si grand et si lourd ? J'y déposerai en même temps mon amour et mes souffrances.

La Mer du Nord

La Mer du Nord

Écrit en 1826-1827

Notice du traducteur

Dans un moment où l'Europe est en feu, il y a peut-être quelque courage à s'occuper de simple poésie, à traduire un écrivain qui a été le chef de la Jeune-Allemagne[1] et a exercé une grande influence sur le mouvement des esprits, non pas par ses chants révolutionnaires, mais par ses ballades les plus détachées, ses stances les plus sereines. Nous aurions pu, dans l'œuvre de Henri Heine, vous former un faisceau de baguettes républicaines auquel n'aurait pas même manqué la hache du

1. Mouvement littéraire créé vers 1830 et composé de poètes allemands qui, comme Heine, étaient désireux de rompre avec la tradition esthétique en vigueur et conféraient à la poésie un rôle social et politique.

licteur[1]. Nous préférons vous offrir un simple bouquet de fleurs de fantaisie, aux parfums pénétrants, aux couleurs éclatantes. Il faut bien que quelque fidèle, en ce temps de tumulte où les cris enroués de la place publique ne se taisent jamais, vienne réciter tout bas sa prière à l'autel de la poésie.

. . . .

Henri Heine est, si ces mots peuvent s'accoupler, un Voltaire pittoresque et sentimental, un sceptique du XVIIIe siècle, argenté par les doux rayons bleus du clair de lune allemand. Rien n'est plus singulier et plus inattendu que ce mélange involontaire d'où résulte l'originalité du poète. À l'opposé de beaucoup de ses compatriotes, farouches Teutons et *gallophages*, qui ne jurent que par Hermann[2], Henri Heine a toujours beaucoup aimé les Français ; si la Prusse est la patrie de son corps, la France est la patrie de son esprit. Le Rhin ne sépare pas si profondément qu'on veut bien le dire les deux pays, et souvent la brise de France,

1. Garde qui, dans la Rome antique, précédait les grands magistrats en portant une hache entourée d'un faisceau de verges.

2. Symbole du héros national allemand.

franchissant les eaux vertes où gémit la Lorelei sur son rocher, balaie, de l'autre côté, l'épaisse brume du Nord et apporte quelque gai refrain de liberté et d'incrédulité joyeuse, que l'on ne peut s'empêcher de retenir. Heine en a retenu plus que tout autre, de ces chansons aimablement impies et férocement légères, et il est devenu un terrible railleur, ayant toujours son carquois plein de flèches sarcastiques, qui vont loin, ne manquent jamais leur but et pénètrent avant. Ah ! plus d'un qui n'en dit rien, et tâche de faire bonne contenance, quoiqu'il soit mort depuis longtemps de sa blessure, a dans le flanc le fer de l'un de ces dards empennés de métaphores brillantes. Tous ont été criblés, les dieux anciens et les dieux nouveaux, les potentats et les conseillers auliques, les poètes barbares ou *sentimentaux*, les tartufes et les cuistres de toute robe et de tout plumage. Nul tireur, fût-il aussi adroit qu'un chasseur tyrolien, n'a abattu un pareil nombre des noirs corbeaux qui tournent et croassent au-dessus du Kyffhäuser, la montagne sous laquelle dort l'empereur Frédéric Barberousse, et si l'Épiménide couronné ne se réveille point[1], certes, ce n'est pas la

1. Allusion à Épiménide de Cnosse, poète et philosophe grec (VIe siècle av. J.-C.) dont la légende dit qu'il dormit cinquante-sept ans, avant de se réveiller et de prophétiser.

faute du brave Henri ; dans son ardeur de viser et d'atteindre, il a même lancé à travers sa sarbacane, sur la patrie allemande, sur la *vieille femme de là-bas*, comme il l'appelle, quelques pois et quelques houppes de laine rouge, cachant une fine pointe, qui ont dû réveiller parfois, dans son fauteuil d'ancêtre, la pauvre grand-mère rêvassant et radotant.

Il n'a pas manqué jusqu'à présent de ces esprits secs, haineux, d'une lucidité impitoyable, qui ont manié l'ironie, cette hache luisante et glacée, avec l'adresse froide et l'impassibilité joviale du bourreau ; mais Henri Heine, quoiqu'il soit aussi cruellement habile que pas un d'eux, en diffère essentiellement au fond. Avec la haine, il possède l'amour, un amour aussi brûlant que la haine est féroce ; il adore ceux qu'il tue ; il met le dictame sur les blessures qu'il a faites et des baisers sur ses morsures. Avec quel profond étonnement il voit jaillir le sang de ses victimes, et comme il éponge bien vite les filets pourpres et les lave de ses larmes !

Ce n'est pas un vain cliquetis d'antithèses de dire littérairement de Henri Heine qu'il est cruel et tendre, naïf et perfide, sceptique et crédule, lyrique et prosaïque, sentimental et railleur, passionné et glacial, spirituel et pittoresque, antique et moderne, *Moyen Âge* et révolutionnaire. Il a toutes les qualités, et même, si vous voulez, tous les défauts qui s'excluent ; c'est l'homme des contraires, et cela sans effort, sans parti pris, par le fait d'une nature panthéiste qui éprouve toutes les émotions et perçoit toutes les images. Jamais Protée n'a pris plus de formes, jamais dieu de l'Inde n'a promené son âme divine dans une si longue série d'avatars. Ce qui suit le poète à travers ces mutations perpétuelles et ce qui le fait reconnaître, c'est son incomparable perfection plastique. Il taille comme un bloc de marbre grec les troncs noueux et difformes de cette vieille forêt inextricable et touffue du langage allemand à travers laquelle on n'avançait jadis qu'avec la hache et le feu ; grâce à lui, l'on peut marcher maintenant dans cet idiome sans être arrêté à chaque pas par les lianes, les racines tortueuses et les chicots mal déracinés des arbres centenaires ; dans le vieux chêne teutonique, où l'on n'avait pu si longtemps qu'ébaucher à coups de serpe l'idole informe d'Irmensul[1], il a sculpté la statue harmonieuse d'Apollon ; il a transformé en langue universelle ce dialecte que les Allemands seuls pouvaient écrire et parler sans cependant toujours se comprendre eux-mêmes.

1. Idole saxonne qui était représentée par une colonne surmontée d'une statue.

Apparu dans le ciel littéraire un peu plus tard, mais avec non moins d'éclat que la brillante pléiade où brillaient Wieland, Klopstock, Schiller et Goethe, il a pu éviter plusieurs défauts de ses prédécesseurs. On peut reprocher à Klopstock[1] une fatigante profondeur, à Wieland[2] une légèreté outrée, à Schiller un idéalisme parfois absurde ; enfin, Goethe, affectant de réunir la sensation, le sentiment et l'esprit, pèche souvent par une froideur glaciale. Comme nous l'avons dit, Henri Heine est naturellement sensible, idéal, plastique, et avant tout spirituel. Il n'est rien entré de Klopstock dans la formation de son talent, parce que sa nature répugne à tout ce qui est ennuyeux ; il a de Wieland la sensualité, de Schiller le sentiment, de Goethe la spiritualité panthéistique ; il ne tient que de lui-même son incroyable puissance de réalisation. Chez lui, l'idée et la forme s'identifient complètement ; personne n'a poussé aussi loin le relief et la couleur. Chacune de ses phrases est un microcosme animé et brillant ; ses images semblent

1. Dramaturge et poète allemand (1724-1803) qui exalta la patrie et la religion.

2. Romancier et poète allemand (1733-1813), surnommé le « Voltaire de l'Allemagne » et que l'on considère comme l'inventeur du *Bildungsroman* (*roman de formation*).

vues dans la chambre noire ; ses figures se détachent du fond et vous causent par l'intensité de l'illusion la même surprise craintive que des portraits qui descendraient de leur cadre pour vous dire bonjour. Les mots chez lui ne désignent pas les objets, ils les évoquent. Ce n'est plus une lecture qu'on fait, c'est une scène magique à laquelle on assiste ; vous vous sentez enfermé dans le cercle avec le poète, et alors autour de vous se pressent avec un tumulte silencieux des êtres fantastiques d'une vérité saisissante ; il passe devant vos yeux des tableaux si impossiblement réels, que vous éprouvez une sorte de vertige.

Rien n'est plus singulier pour nous que cet esprit à la fois si français et si allemand. Telle page étincelante d'ironie et qu'on croirait arrachée à *Candide* a pour verso une légende digne de figurer dans la collection des frères Grimm, et souvent, dans la même strophe, le docteur Pangloss philosophe avec une *elfe* ou une *nixe*[1]. Au rire strident de Voltaire, l'enfant au cor merveilleux[2] mêle une note mélancolique où revivent les poésies secrètes de la

1. Nymphe des eaux dans la mythologie germanique.
2. Allusion au célèbre recueil *Des Knaben Wunderhorn*, de Clemens Brentano et Achim von Arnim, qui influença toute la poésie lyrique allemande et notamment celle de Heine.

forêt et les fraîches inspirations du printemps ; le railleur s'installe familièrement dans un donjon gothique ou se promène sous les arceaux d'une cathédrale ; il commence par se moquer des hauts barons et des prêtres, mais bientôt le sentiment du passé le pénètre, les armures bruissent le long des murailles ; les couleurs des blasons se ravivent, les roses des vitraux étincellent, l'orgue murmure ; le paladin sort de son château féodal sur son coursier caparaçonné ; le prêtre, la chasuble au dos, monte les marches de l'autel, et jamais poète épris de chevalerie et d'art catholique, ni Uhland, ni Tieck, ni Schlegel[2], dont il a tant de fois tourné le romantisme en ridicule, n'ont si fidèlement dépeint et si bien compris le Moyen Âge. La force des images et le sentiment de la beauté ont rendu pour quelques strophes notre ricaneur sérieux ; mais voilà qu'il se moque de sa propre émotion et passe sur ses yeux remplis de larmes sa manche bariolée de bouffon, et fait sonner bien fort ses grelots et vous éclate de rire au nez. Vous avez été sa dupe ; il vous a tendu un piège sentimental où vous êtes tombé comme un

1. Tous trois écrivains et poètes lyriques et romantiques de la fin du XVIIIe siècle et du début du XIXe. Schlegel était le fondateur du cercle romantique d'Iéna dont Tieck était un membre actif.

simple philistin. Il le dit, mais il ment ; il a été attendri en effet, car tout est sincère dans cette nature multiple. Ne l'écoutez pas, quand il vous dit de ne croire ni à son rire ni à ses pleurs ; pleurs et rires ne s'imitent pas ainsi !

. . . .

Henri Heine a, entre autres qualités, le sentiment le plus profond de la poésie du Nord, quoique méridional par tempérament, comme lord Byron, qui, né dans la brumeuse Angleterre, n'en est pas moins un fils du soleil ; il comprend à merveille ces légendes de la Baltique, ces tours où sont enfermées des filles de rois, ces femmes au plumage de cygne, ces héros aux cuirasses d'azur, ces dieux à qui les corbeaux parlent à l'oreille, ces luttes géantes sur un frêle esquif ou sur une banquise à la dérive. Un reflet de l'*Edda*[1] colore ses ballades comme une aurore boréale ; ces scènes de carnage et d'amour, de voluptés fatales et d'influences mystérieuses, conviennent à sa manière contrastée. Mais, ce à quoi il excelle, c'est la peinture de tous les êtres charmants et perfides, ondines,

1. Poésies islandaises datées du VIIe au XIIIe siècle évoquant la mythologie scandinave.

elfes, nixes, wilis[1], dont la séduction cache un piège, et dont les bras blancs et glacés vous entraînent au fond des eaux dans la noire vase, sous les larges feuilles de nénuphars. Il faut dire que, malgré les galanteries italiennes de ses terzines, les hyperboles et les *concetti*[2] de ses sonnets, toute femme est pour Heine quelque peu nixe ou wili ; et lorsque dans un de ses livres il s'écrie, à propos de Lusignan, amant de Mélusine : « Heureux homme dont la maîtresse n'était serpent qu'à moitié ! », il livre en une phrase le secret intime de sa théorie de l'amour.

. . . .

Dans la *Nordsee* (*Mer du Nord*), le poète a peint des marines bien supérieures à celles de Backhuyzen, de Van de Velde et de Joseph Vernet[3] ; ses strophes ont la grandeur de l'Océan, et son rythme se balance comme les vagues. Il rend à merveille les splendides écroulements des nuages, les volutes de la houle brodant le rivage d'une frange argentée, tous les aspects du ciel et de l'eau dans le calme et

1. Jeunes filles mortes avant leurs noces et qui, la nuit, sortent du tombeau pour danser.

2. Traits d'esprit.

3. Peintres de marines des XVIIe et XVIIIe siècles.

dans l'orage. Shelley et Byron seuls ont possédé à ce degré l'amour et le sentiment de la mer ; mais, par un caprice singulier, au bord de cette Baltique, devant ces flots glacés qui viennent du pôle, notre Allemand se fait Grec. C'est Poséidon qui lève sa tête au-dessus de cette eau bleue et froide, gonflée par la fonte des glaciers polaires. Au lieu des *évêques de mer*[1] et des ondines, il fait jouer dans l'écume des tritons classiques, par un anachronisme et une transposition volontaires, comme s'en sont permis de tout temps les grands coloristes, Rubens et Paul Véronèse entre autres ; il introduit dans la cabane de la fille du pêcheur un dieu d'Homère déguisé – et lui-même ne représente pas mal Phébus Apollon, avec une chemise rouge de matelot, des braies goudronnées, et condamné, non plus à garder les troupeaux chez Admète, mais à pêcher le hareng dans la mer du Nord.

. . . .

GÉRARD DE NERVAL

Revue des Deux Mondes, 15 juillet 1848.

1. Heine évoque dans *De l'Allemagne* la pêche pour le moins miraculeuse d'un évêque au XVe siècle. On replongea l'évêque dans la mer du Nord pour lui permettre de retrouver ses ouailles…

Couronnement

Chansons ! mes bonnes chansons ! debout, debout, et prenez vos armes ! Faites sonner les trompettes et élevez-moi sur le pavois cette jeune belle qui désormais doit régner sur mon cœur en souveraine.

Salut à toi, jeune reine !

Du soleil qui luit là-haut j'arracherai l'or rutilant et radieux, et j'en formerai un diadème pour ton front sacré. Du satin azuré qui flotte à la voûte du ciel, et où scintillent les diamants de la nuit, je veux arracher un magnifique lambeau, et j'en ferai un manteau de paradc pour tes royales épaules. Je te donnerai une cour de pimpants sonnets, de fières terzines et de stances élégantes ; mon esprit te servira de coureur, ma fantaisie de bouffon, et mon *humour* sera ton héraut blasonné. Mais, moi-même, je me jetterai à tes pieds, reine, et, agenouillé sur un coussin de velours rouge, je te ferai hommage du reste de raison qu'a daigné me laisser l'auguste maîtresse qui t'a précédée dans mon cœur.

LE CRÉPUSCULE

Sur le pâle rivage de la mer je m'assis rêveur et solitaire. Le soleil déclinait et jetait des rayons ardents sur l'eau, et les blanches, larges vagues, poussées par le reflux, s'avançaient écumeuses et mugissantes. C'était un fracas étrange, un chuchotement et un sifflement, des rires et des murmures, des soupirs et des râles, entremêlés de sons caressants comme des chants de berceuses. Il me semblait ouïr les récits du vieux temps, les charmants contes des féeries qu'autrefois, tout petit encore, j'entendais raconter aux enfants du voisinage alors que, par une soirée d'été, accroupis sur les degrés de pierre de la porte, nous écoutions en silence le narrateur, avec nos jeunes cœurs attentifs et nos yeux tout ouverts par la curiosité, pendant que les grandes filles, assises à la fenêtre au-dessus de nous, près des pots de fleurs odorantes, et semblables à des roses, souriaient aux lueurs du clair de lune.

La nuit sur la plage

La nuit est froide et sans étoiles ; la mer fermente, et sur la mer, à plat ventre étendu, l'informe vent du nord, comme un vieillard grognon, babille d'une voix gémissante et mystérieuse, et raconte de folles histoires, des contes de géants, de vieilles légendes islandaises remplies de combats et de bouffonneries héroïques, et, par intervalles, il rit et hurle les incantations de l'*Edda*, les évocations runiques, et tout cela avec tant de gaieté féroce, avec tant de rage burlesque, que les blancs enfants de la mer bondissent en l'air et poussent des cris d'allégresse.

Cependant sur la plage, sur le sable où la marée a laissé son humidité, s'avance un étranger dont le cœur est encore plus agité que le vent et les vagues. Partout où il marche, ses pieds font jaillir des étincelles et craquer des coquillages ; il s'enveloppe dans un manteau gris, et va, d'un pas rapide, à travers la nuit et le vent, guidé par une petite lumière qui luit, douce et séduisante, dans la cabane solitaire du pêcheur.

Le père et le frère sont sur la mer, et, toute seulette dans la cabane, est restée la fille du pêcheur, la fille du pêcheur, belle à ravir. Elle est assise près du foyer et écoute le bruissement sourd et fantasque de la chaudière. Elle jette des ramilles pétillantes au feu et souffle dessus, de sorte que les lueurs rouges et flamboyantes se reflètent magiquement sur son frais visage, sur ses épaules qui ressortent si blanches et si délicates de sa grossière et grise chemise, et sur la petite main soigneuse qui noue solidement le jupon court sur la fine cambrure de ses reins.

Mais tout à coup la porte s'ouvre, et le nocturne étranger s'avance dans la cabane ; il repose un œil doux et assuré sur la blanche et frêle jeune fille qui se tient frissonnante devant lui, semblable à un lis effrayé, et il jette son manteau à terre, sourit et dit :

« Vois-tu, mon enfant, je tiens parole et je suis revenu, et, avec moi, revient l'ancien temps où les dieux du ciel s'abaissaient aux filles des hommes et, avec elles, engendraient ces lignées de rois porte-sceptres, et ces héros, merveilles du monde. Pourtant, mon enfant, cesse de t'effrayer de ma divinité, et fais-moi, je t'en prie, chauffer du thé avec du rhum, car la bise était forte sur la plage, et, par de telles nuits, nous avons froid aussi, nous autres dieux, et nous avons bientôt fait d'attraper un divin rhumatisme et une toux immortelle. »

Poséidon

Les feux du soleil se jouaient sur la mer houleuse ; au loin sur la rade se dessinait le vaisseau qui devait me porter dans ma patrie, mais j'attendais un vent favorable, et je m'assis tranquillement sur la dune blanche, au bord du rivage, et je lus le chant d'Odusseus, ce vieux chant éternellement jeune, éternellement retentissant du bruit des vagues, et dans les feuilles duquel je respirais l'haleine ambrosienne des dieux, le splendide printemps de l'humanité et le ciel merveilleux d'Hellas.

Mon généreux cœur accompagnait fidèlement le fils de Laërte dans ses pérégrinations aventureuses ; je m'asseyais avec lui, la tristesse dans l'âme, aux foyers hospitaliers où les reines filent de la pourpre, et je l'aidais à mentir et à s'échapper heureusement de l'antre du géant ou des bras d'une nymphe enchanteresse ; je le suivais dans la nuit cimmérienne et dans la tempête et le naufrage, et je supportais avec lui d'ineffables angoisses.

Je disais en soupirant : « Ô cruel Poséidon, ton courroux est redoutable ; et moi aussi, j'ai peur de ne pas revoir ma patrie. »

À peine eus-je prononcé ces mots que la mer se couvrit d'écume, et que des blanches vagues sortit la tête couronnée d'ajoncs du dieu de la Mer, qui me dit d'un ton railleur :

« Ne crains rien, mon cher poétereau ! Je n'ai nulle envie de briser ton pauvre petit esquif ni d'inquiéter ton innocente vie par des secousses trop périlleuses ; car toi, rimeur innocent, tu ne m'as jamais irrité, tu n'as pas ébréché la moindre tourelle de la citadelle sacrée de Priam, tu n'as pas arraché le plus léger cil à l'œil de mon fils Polyphème, et tu n'as jamais reçu de conseils de la déesse de la Sagesse, Pallas Athéné. »

Ainsi parla Poséidon, et il se replongea dans la mer ; et cette saillie grossière du dieu marin fit rire sous l'eau Amphitrite[1], la divine poissarde, et les sottes filles de Nérée.

1. Épouse de Poséidon.

Dans la cabine, pendant la nuit

La mer a ses perles, le ciel a ses étoiles, mais mon cœur, mon cœur, mon cœur a son amour.

Grande est la mer et grand le ciel, mais plus grand est mon cœur, et plus beau que les perles et les étoiles brille mon amour.

À toi, jeune fille, à toi est ce cœur tout entier ; mon cœur et la mer et le ciel se confondent dans un seul amour.

À la voûte azurée du ciel, où luisent les belles étoiles, je voudrais coller mes lèvres dans un ardent baiser et verser des torrents de larmes.

Ces étoiles sont les yeux de ma bien-aimée ; ils scintillent et m'envoient mille gracieux saluts de la voûte azurée du ciel.

Vers la voûte azurée du ciel, vers les yeux de la bien-aimée, je lève dévotement les bras, et je prie et j'implore.

Doux yeux, gracieuses lumières, donnez le bonheur à mon âme ; faites-moi mourir, et que je vous possède, vous et tout votre ciel.

Bercé par les vagues et par mes rêveries, je suis étendu tranquillement dans ma couchette de la cabine.

À travers la lucarne ouverte, je regarde là-haut les claires étoiles, les chers et doux yeux de ma chère bien-aimée.

Les chers et doux yeux veillent sur ma tête, et ils brillent et clignotent du haut de la voûte azurée du ciel.

À la voûte azurée du ciel je regardais heureux, durant de longues heures, jusqu'à ce qu'un voile de brume blanche me dérobât les yeux chers et doux.

Contre la cloison où s'appuie ma tête rêveuse viennent battre les vagues, les vagues furieuses ; elles bruissent et murmurent à mon oreille : « Pauvre fou ! ton bras est court et le ciel est loin, et les étoiles sont solidement fixées là-haut avec des clous d'or. Vains désirs, vaines prières ! tu ferais mieux de t'endormir. »

Je rêvai d'une lande déserte, toute couverte d'une muette et blanche neige, et sous la neige blanche j'étais enterré et je dormais du froid sommeil de la mort.

Pourtant là-haut, de la sombre voûte du ciel, les étoiles, ces doux yeux de ma bien-aimée, contemplaient mon tombeau, et ces doux yeux brillaient d'une sérénité victorieuse et placide, mais pleine d'amour.

Le calme

La mer est calme. Le soleil reflète ses rayons dans l'eau, et sur la surface onduleuse et argentée le navire trace des sillons d'émeraude.

Le pilote est couché sur le ventre, près du gouvernail, et ronfle légèrement. Près du grand mât, raccommodant des voiles, est accroupi le mousse goudronné.

Sa rougeur perce à travers la crasse de ses joues, sa large bouche est agitée de tressaillements nerveux, et il regarde çà et là tristement avec ses grands beaux yeux.

Car le capitaine se tient devant lui, tempête et jure et le traite de voleur : « Coquin ! tu m'as volé un hareng dans le tonneau ! »

La mer est calme. Un petit poisson monte à la surface de l'onde, chauffe sa petite tête au soleil et remue joyeusement l'eau avec sa petite queue.

Cependant, du haut des airs, la mouette fond sur le petit poisson, et, sa proie frétillante dans son bec, s'élève et plane dans l'azur du ciel.

AU FOND DE LA MER

J'étais couché sur le bordage du vaisseau et je regardais, les yeux rêveurs, dans le clair miroir de l'eau, et je plongeais mes regards de plus en plus avant, lorsque au fond de la mer j'aperçus, d'abord comme une brume crépusculaire, puis peu à peu, avec des couleurs plus distinctes, des coupoles et des tours, et enfin, éclairée par le soleil, toute une antique ville néerlandaise pleine de vie et de mouvement. Des hommes âgés, enveloppés de manteaux noirs, avec des fraises blanches et des chaînes d'honneur, de longues épées et de longues figures, se promènent sur la place, près de l'hôtel de ville orné de dentelures et d'empereurs de pierre naïvement sculptés, avec leurs sceptres et leurs longues épées. Non loin de là, devant une file de maisons aux vitres brillantes, sous des tilleuls taillés en pyramides, se promènent, avec des frôlements soyeux, de jeunes femmes, de sveltes beautés dont les visages de rose sortent décemment de leurs coiffes noires et dont les cheveux blonds ruissellent en boucles d'or. Une foule de beaux cavaliers costumés à l'espagnole se pavanent près d'elles et leur lancent des œillades. Des matrones vêtues de mantelets bruns, un livre d'heures et un rosaire dans les mains, se dirigent à pas menus vers le grand dôme, attirées par le son des cloches et le ronflement de l'orgue.

À ces sons lointains, un secret frisson s'empare de moi. De vagues désirs, une profonde tristesse, envahissent mon cœur, mon cœur à peine guéri. Il me semble que mes blessures, pressées par des lèvres chéries, saignent de nouveau ; leurs chaudes et rouges gouttes tombent lentement, une à une, dans la mer, elles tombent sur une vieille maison qui est là dans la ville sous-marine, sur une vieille maison au pignon élevé, qui semble veuve de tous ses habitants, et dans laquelle est assise, à une fenêtre basse, une jeune fille qui appuie sa tête sur son bras. Et je te connais, pauvre enfant ! Si loin, au fond de la mer même, tu t'es cachée de moi dans un accès d'humeur enfantine, et tu n'as pas pu remonter, et tu t'es assise étrangère parmi des étrangers, durant un siècle, pendant que moi, l'âme pleine de chagrin, je te cherchais par toute la terre, et toujours je te cherchais, toi toujours aimée, depuis si longtemps aimée, toi que j'ai retrouvée enfin ! Je t'ai retrouvée et je revois ton doux visage, tes yeux intelligents et calmes, ton fin sourire. Et jamais je ne te quitterai plus, et je viens à toi, et les bras étendus, je me précipite sur ton cœur.

Mais le capitaine me saisit à temps par le pied, et, me tirant sur le bord du vaisseau, me dit d'un ton bourru : « Docteur, docteur ! êtes-vous possédé du diable ? »

Purification

Reste au fond de la mer, rêve insensé, qui autrefois, la nuit, as si souvent affligé mon cœur d'un faux bonheur, et qui, encore à présent, spectre marin, viens me tourmenter en plein jour. Reste là sous les ondes durant l'éternité, et je te jette encore tous mes maux et tous mes péchés, et le bonnet de la folie dont les grelots ont si longtemps résonné autour de ma tête, et la froide dissimulation, cette peau lisse de serpent qui m'a si longtemps enveloppé l'âme…, mon âme malade reniant Dieu et reniant les anges, mon âme maudite et damnée…

Hoiho ! hoiho ! voici le vent ! dépliez les voiles ! elles flottent et s'enflent ! Sur le miroir placide et périlleux des eaux, le vaisseau glisse, et l'âme délivrée pousse des cris de joie.

La paix

Le soleil était au plus haut du ciel, environné de nuages blancs, la mer était calme, et j'étais couché près du gouvernail, et je songeais et je rêvais ; et, moitié éveillé, moitié sommeillant, je vis Christus, le Sauveur du monde. Vêtu d'une robe blanche flottante, et grand comme un géant, il marchait sur la terre et sur la mer ; sa tête touchait au ciel, et de ses mains étendues il bénissait la mer et la terre, et, comme un cœur dans sa poitrine, il portait le soleil, le rouge et ardent soleil – et ce cœur radieux et enflammé, foyer d'amour et de clarté, épandait ses gracieux rayons et sa lumière éternelle sur la terre et sur la mer.

Des sons de cloche, résonnant çà et là, attiraient comme des cygnes, et en se jouant, notre navire, qui glissa vers un rivage verdoyant où des hommes habitent une cité magnifique.

Ô merveille de la paix ! comme la ville est tranquille ! Le sourd bourdonnement des vaines et babillardes affaires, le bruissement des métiers, tout se tait, et à travers les rues claires et resplendissantes se promènent des hommes vêtus de blanc et portant des palmes, et, lorsque deux personnes se rencontrent, elles se regardent d'un air d'intelligence, et, dans un tressaillement d'amour et de douce renonciation, elles s'embrassent au front et lèvent les yeux vers le cœur radieux du Sauveur, vers ce cœur qui est le soleil et qui verse allègrement la pourpre de son sang réconciliateur sur le monde, et elles disent trois fois dans un transport de béatitude : « Béni soit Christus ! »

SALUT DU MATIN

Thalatta ! Thalatta ! Je te salue, mer éternelle ! Je te salue dix mille fois d'un cœur joyeux, comme autrefois te saluèrent dix mille cœurs grecs, cœurs malheureux dans les combats, soupirant après leur patrie, cœurs illustres dans l'histoire du monde.

Les flots s'agitaient et mugissaient ; le soleil versait sur la mer ses clartés roses ; des volées de mouettes s'enfuyaient effarouchées en poussant des cris aigus ; les chevaux piaffaient ; les boucliers résonnaient d'un cliquetis joyeux. Comme un chant de victoire retentissait alors le cri des fils d'Hellas, la reine des flots : Thalatta ! Thalatta !

Je te salue, mer éternelle ! Je retrouve dans le bruissement de tes ondes comme un écho de la patrie, et je crois voir les rêves de mon enfance scintiller sous tes vagues, et il me revient de vieux souvenirs de tous les chers et nobles jouets, de tous les brillants cadeaux de Noël, de tous les coraux rouges, des perles et des coquillages dorés que tu conserves mystérieusement dans des coffrets de cristal !

Oh ! combien j'ai souffert des ennuis de la terre étrangère ! Comme une fleur fanée dans l'étui de fer-blanc du botaniste, mon cœur se desséchait dans ma poitrine. Il me semble que, durant l'hiver, je m'asseyais comme un malade dans une chambre sombre et malsaine, et maintenant voilà que je l'ai quittée tout à coup, et le vert printemps, éveillé par le soleil, resplendit à mes yeux éblouis, et j'entends le tendre soupir des arbres chargés d'une neige parfumée, et les jeunes fleurs me regardent avec leurs yeux odorants et bariolés, et l'atmosphère pleure et bruit, et respire et sourit, et dans l'azur du ciel les oiseaux chantent : Thalatta ! Thalatta !

Ô cœur vaillant, qui t'es illustré par tes fuites, comme jadis les guerriers de la grande retraite ! combien de fois les beautés barbares du Nord t'ont amoureusement harassé ! De leurs grands yeux victorieux, elles me lançaient des traits enflammés ; avec leurs paroles à double tranchant, elles s'exerçaient à me fendre le cœur ; avec de longues épîtres assommantes, elles étourdissaient ma pauvre cervelle. Vainement je leur opposais le bouclier, les flèches sifflaient, les coups retentissaient ; elles ont fini par me pousser, ces beautés barbares du Nord, jusqu'au rivage de la mer, et, respirant enfin librement, je salue la mer, la mer bienfaisante et libératrice – Thalatta ! Thalatta !

L'ORAGE

L'orage couve sourdement sur la mer, et à travers la noire muraille des nuages palpite la foudre dentelée qui luit et s'éteint comme un trait d'esprit sorti de la tête de Zeus Kronion. Sur l'onde déserte et sombre roule longuement le tonnerre et bondissent les blancs coursiers de Poséidon, que Borée lui-même a jadis engendrés avec les cavales échevelées d'Érichthon, et les oiseaux de mer s'agitent, inquiets comme les ombres des morts que Charon, au bord du Styx, repousse de sa barque surchargée.

Il y a un pauvre petit navire qui danse là-bas une danse bien périlleuse ! Éole lui envoie les plus fougueux musiciens de sa bande, qui le harcèlent cruellement de leur branle folâtre ; l'un siffle, l'autre souffle, le troisième joue de la basse – et le pilote chancelant se tient au gouvernail et observe sans cesse la boussole, cette âme tremblante du navire, et, tendant des mains suppliantes vers le ciel, il s'écrie : « Oh ! sauve-moi, Castor, vaillant cavalier, et toi, glorieux athlète, Pollux ! »

Le naufrage

Espoir et amour ! Tout est brisé, et moi-même, comme un cadavre que la mer a rejeté avec mépris, je gis là, étendu sur le rivage, sur le rivage sablonneux et nu. Devant moi s'étale le grand désert des eaux ; derrière moi, il n'y a qu'exil et douleur, et au-dessus de ma tête voguent les nuées, ces grises et informes filles de l'air, qui de la mer, avec des seaux de brouillard, puisent l'eau, la traînent à grand-peine et la laissent retomber dans la mer, besogne triste, et fastidieuse, et inutile, comme ma propre vie.

Les vagues murmurent, les mouettes croassent, de vieux souvenirs me saisissent, des rêves oubliés, des images éteintes me reviennent, tristes et doux.

Il est dans le Nord une femme belle, royalement belle ; une voluptueuse robe blanche entoure sa frêle taille de cyprès ; les boucles noires de ses cheveux, s'échappant comme une nuit bienheureuse de sa tête couronnée de tresses, s'enroulent capricieusement autour de son doux et pâle visage, et dans son doux et pâle visage, grand et puissant, rayonne son œil, semblable à un soleil noir.

Noir soleil, combien de fois tu m'as versé les flammes dévorantes de l'enthousiasme, et combien de fois ne suis-je pas resté chancelant sous l'ivresse de cette boisson ! Mais alors un sourire d'une douceur enfantine voltigeait autour des lèvres fièrement arquées, et ces lèvres fièrement arquées exhalaient des mots gracieux comme le clair de lune et suaves comme l'haleine de la rose. Et mon âme alors s'élevait et planait avec allégresse jusqu'au ciel.

Faites silence, vagues et mouettes ! Bonheur et espoir ! espoir et amour ! tout est fini. Je suis gisant à terre, misérable naufragé, et je presse mon visage brûlant sur le sable humide de la plage.

LES DIEUX GRECS

Sous la lumière de la lune, la mer brille comme de l'or en fusion ; une clarté, qui a l'éclat du jour et la mollesse enchantée des nuits, illumine la vaste plage, et dans l'azur du ciel sans étoiles planent les nuages blancs comme de colossales figures de dieux taillées en marbre étincelant.

Non, ce ne sont point des nuages ! Ce sont les dieux d'Hellas eux-mêmes, qui jadis gouvernaient si joyeusement le monde, et qui maintenant, après leur chute et leur trépas, à l'heure de minuit, errent au ciel, spectres gigantesques.

Étonné et fasciné, je regardai ce Panthéon aérien, ces colossales figures qui se mouvaient avec un silence solennel. Voici Kronion, le roi du ciel ; les hivers ont neigé sur les boucles de ses cheveux, de ces cheveux célèbres qui, en s'agitant, faisaient trembler l'Olympe. Il tient à la main sa foudre éteinte ; son visage, où résident le malheur et le chagrin, n'a pas encore perdu son antique fierté.

C'étaient de meilleurs temps, ô Zeus ! ceux où tu rassasiais ta céleste convoitise de jeunes nymphes, de mignons et d'hécatombes ; mais les dieux eux-mêmes ne règnent pas éternellement, les jeunes chassent les vieux, comme tu as, toi aussi, chassé jadis tes oncles les Titans et ton vieux père – Jupiter parricide. Je te reconnais aussi, altière Junon ! En dépit de toutes tes cabales jalouses, une autre a pris le sceptre, et tu n'es plus la reine des cieux, et ton grand œil de génisse est immobile, et tes bras de lis sont impuissants, et ta vengeance n'atteint plus la jeune fille qui renferme dans ses flancs le fruit divin, ni le miraculeux fils du dieu. Je te reconnais aussi, Pallas Athéné. Avec ton égide et ta sagesse, as-tu pu empêcher la ruine des dieux ? Je te reconnais aussi, toi, Aphrodite, autrefois aux cheveux d'or, maintenant à la chevelure d'argent ! Tu es encore parée de ta fameuse ceinture de séduction ; cependant ta beauté me cause une secrète terreur, et si, à l'instar d'autres héros, je devais posséder ton beau corps, je mourrais d'angoisse. Tu n'es plus qu'une déesse de la mort, Vénus Libitina[1] !

1. Assimilée à Vénus, sans doute par le truchement d'une étymologie erronée (*Libido*), *Libitina* était, à Rome, la déesse des Funérailles.

Le terrible Arès que voilà, ne regarde pas non plus d'un œil trop amoureux sa livide maîtresse. Le jeune Phébus Apollon penche tristement la tête. Sa lyre, qui résonnait d'allégresse au banquet des dieux, est détendue. Héphaïstos semble encore plus sombre, et véritablement le boiteux n'empiète plus sur les fonctions d'Hébé et ne verse plus, empressé, le doux nectar à l'assemblée céleste... Et depuis longtemps s'est éteint l'inextinguible rire des dieux.

Je ne vous ai jamais aimées, vieilles divinités classiques ! Pourtant une sainte pitié et une ardente compassion s'emparent de mon cœur, lorsque je vous vois là-haut, dieux abandonnés, ombres mortes et errantes, images nébuleuses que le vent disperse effrayées, et, quand je songe combien lâches et hypocrites sont les dieux qui vous ont vaincus, les nouveaux et tristes dieux qui règnent maintenant au ciel, renards avides sous la peau de l'humble agneau... oh ! alors une sombre colère me saisit, et je voudrais briser les nouveaux temples et combattre pour vous, antiques divinités, pour vous et votre bon droit parfumé d'ambroisie ; et devant vos autels relevés et chargés d'offrandes, je voudrais adorer, et prier, et lever des bras suppliants...

Il est vrai qu'autrefois, vieux dieux, vous avez

toujours, dans les batailles des hommes, pris le parti des vainqueurs ; mais l'homme a l'âme plus généreuse que vous, et, dans les combats des dieux, moi, je prends le parti des dieux vaincus.

Et ainsi je parlais, et dans le ciel ces pâles simulacres de vapeurs rougirent sensiblement et me regardèrent d'un air agonisant, comme transfigurés par la douleur, et s'évanouirent soudain. La lune venait de se cacher derrière les nuées, qui s'épaississaient de plus en plus ; la mer éleva sa voix sonore, et de la tente céleste sortirent victorieusement les étoiles éternelles.

QUESTIONS

Au bord de la mer, au bord de la mer déserte et nocturne, se tient un jeune homme, la poitrine pleine de doute, et d'un air morne il dit aux flots :

« Oh ! expliquez-moi l'énigme de la vie, la douloureuse et vieille énigme qui a tourmenté tant de têtes : têtes coiffées de mitres hiéroglyphiques, têtes en turbans et en bonnets carrés, têtes à perruques, et mille autres pauvres et bouillantes têtes humaines. Dites-moi ce que signifie l'homme ? d'où il vient ? où il va ? qui habite là-haut au-dessus des étoiles dorées ? »

Les flots murmurent leur éternel murmure, le vent souffle, les nuages fuient, les étoiles scintillent, froides et indifférentes – et un fou attend une réponse.

Le port

Heureux l'homme qui, ayant touché le port et laissé derrière lui la mer et les tempêtes, s'assied chaudement et tranquillement dans la bonne taverne le *Ratskeller*[1] de Brême !

Comme le monde se réfléchit fidèlement et délicieusement dans un *Römer*[2] de vert cristal, et comme ce microcosme mouvant descend splendidement dans le cœur altéré. Je vois tout ensemble dans ce verre, l'histoire des peuples anciens et modernes, les Turcs et les Grecs, Hegel et Gans[3] ; des bois de citronniers et des parades militaires ; Berlin, Tunis et Abdéra, et Hambourg ; mais, avant tout, l'image de la bien-aimée, la petite tête d'ange, sur un fond doré de vin du Rhin.

Oh ! que tu es belle, bien-aimée ! Tu es comme

1. La brasserie de l'hôtel de ville.

2. Verre à vin du Rhin.

3. Juriste allemand (1797-1839) qui publia les *Principes de la philosophie du droit* de Hegel.

une rose ! non comme la rose de Chiraz, la maîtresse du rossignol chantée par Hafiz[1], non comme la rose de Saron[2], la sainte et rougissante fleur célébrée par les prophètes : tu ressembles à la rose du *Ratskeller* de Brême. C'est la rose des roses ; plus elle vieillit, plus elle fleurit délicieusement, et son divin parfum m'a rendu heureux, il m'a enthousiasmé, enivré, et, si le sommelier du *Ratskeller* de Brême ne m'eût retenu ferme par la nuque, j'aurais été culbuté du coup !

Le brave homme ! Nous étions assis ensemble et nous buvions fraternellement, nous agitions de hautes et mystérieuses questions, nous soupirions et nous tombions dans les bras l'un de l'autre, et il m'a ramené à la vraie foi de l'amour. J'ai bu à la santé de mes plus cruels ennemis, et j'ai pardonné à tous les mauvais poètes, comme à moi-même il doit être pardonné. J'ai pleuré de componction, et, à la fin, j'ai vu s'ouvrir à moi les portes du salut, le sanctuaire du caveau où douze grands tonneaux, qu'on nomme les saints apôtres, prêchent en silence,... et pourtant dans un langage universel.

1. Grand poète lyrique persan du XIVe siècle.
2. La bien-aimée du Cantique des cantiques (II, 1).

Ce sont là des personnages remarquables ! simples à l'extérieur, dans leurs robes de bois, ils sont, au-dedans, plus beaux et plus brillants que tous les orgueilleux lévites du temple et que les trabans[1] et les courtisans d'Hérode, parés d'or et de pourpre. J'ai toujours dit que le roi des cieux, notre Seigneur, passait sa vie, non parmi les gens du commun, mais bien au milieu de la meilleure compagnie !

Alléluia ! comme les palmiers de Béthel m'envoient des senteurs délicieuses ! Quel parfum la myrrhe d'Hébron exhale ! comme le Jourdain murmure et se balance d'allégresse ! et mon âme bienheureuse se balance et chancelle aussi, et je chancelle avec elle ; et, chancelant lui aussi, le brave sommelier du *Ratskeller* de Brême m'emporte au haut de l'escalier, à la lumière du jour.

Brave sommelier du *Ratskeller* de Brême ! regarde – sur le toit des maisons, les anges sont assis ; ils sont ivres et chantent ; l'ardent soleil là-haut n'est réellement qu'une rouge trogne, le nez de l'esprit du monde, et autour de ce nez flamboyant se meut l'univers en goguette.

1. Militaires faisant escorte.

Épilogue

Comme les épis de blé dans un champ, les pensées poussent et ondulent dans l'esprit de l'homme ; mais les douces pensées du poète sont comme des fleurs bleues et rouges qui s'épanouissent gaiement entre les épis.

Fleurs bleues et rouges ! le moissonneur bourru vous rejette comme inutiles ; les rustres, armés de fléaux, vous écrasent avec dédain ; le simple promeneur même, que votre vue récrée et réjouit, secoue la tête et vous traite de mauvaises herbes. Mais la jeune villageoise, qui tresse des couronnes, vous honore et vous recueille, et vous place dans ses cheveux, et, ainsi parée, elle court au bal où résonnent fifres et violons, à moins qu'elle ne s'échappe pour chercher l'ombrage discret des tilleuls où la voix du bien-aimé résonne encore plus délicieusement que les fifres et les violons !

Germania

Germania

CONTE D'HIVER

Écrit en 1844

Le poème suivant a été écrit au mois de janvier de cette année, à Paris, et l'air de liberté qu'on respire ici, a pénétré certaines strophes plus profondément que je ne l'eusse désiré. Je ne manquai pas d'adoucir et de retrancher sur-le-champ même tout ce qui me parut incompatible avec le climat de l'Allemagne. Néanmoins, lorsque au mois de mars j'en adressai le manuscrit à mon éditeur à Hambourg, j'eus encore à compter avec des scrupules de diverses sortes. Je dus donc me résoudre de nouveau à cette terrible besogne de remaniement, et de là vient peut-être que les passages sérieux ont été étouffés plus que de raison ou bien trop joyeusement couverts par les mille clochettes de l'humour. Dans mon impatience j'ai redéchiré ces feuilles de vigne qui cachaient la nudité de quelques pensées un peu trop décolletées, et sans doute j'ai blessé les oreilles prudes et précieuses. J'en suis fâché ; mais je m'en console en pensant que de plus grands auteurs ont commis le même péché. Pour le pallier je ne citerai pas Aristophane ; car c'était un aveugle païen, et son public d'Athènes avait bien reçu une éducation classique, mais se connaissait peu en morale chrétienne. J'aurais déjà meilleure grâce à invoquer l'exemple de Cervantes et de Molière. Le premier écrivit pour la haute noblesse des deux Castilles, le second pour le grand roi et la grande cour de Versailles. Mais j'oublie que nous vivons dans une époque très bourgeoise, et je prévois, hélas ! que maintes demoiselles des bords de la Sprée et même de l'Alster, à la lecture de mon poème, fronceront leurs sourcils. Ce que je prévois encore avec plus de peine, ce sont les clameurs de nos pharisiens de la nationalité allemande, qui vont maintenant bras dessus bras dessous avec les gouvernements, et qui jouissent de l'amour et de la haute estime de la censure ; dans la presse ils ont la prédominance, aussitôt qu'il s'agit de combattre leurs adversaires qui sont en même temps les adversaires de leurs très hauts et très puissants princes et principicules. Nous avons le cœur cuirassé contre la mauvaise humeur de ces héroïques laquais à la livrée noire, rouge et or. Je les entends déjà crier de leur grosse voix : « Tu blasphèmes les couleurs de notre drapeau national, contempteur de la patrie, ami des Français à qui tu veux livrer le Rhin libre. » Calmez-vous ; j'estimerai, j'honorerai votre drapeau, lorsqu'il le méritera, et qu'il ne sera plus le jouet des fous ou des fourbes. Plantez vos couleurs au sommet de la pensée allemande, faites-en l'étendard de la libre humanité, et je verserai pour elles la dernière goutte de mon sang. Soyez tranquilles, j'aime la patrie, tout autant que vous. C'est à cause de cet amour que j'ai vécu tant de longues années dans l'exil ; c'est à cause de cet amour que j'y passerai peut-être le reste de mes jours, sans pleurnicher, sans faire les grimaces d'un martyr. J'aime les Français, comme j'aime tous les hommes, quand ils sont bons et raisonnables, et parce que je ne suis pas assez sot et assez méchant moi-même pour désirer que les Allemands et les Français, ces deux peuples élus de la civilisation, se cassent la tête pour le plus grand bien de l'Angleterre et de la Russie, et pour la plus grande joie de tous les gentillâtres et les mauvais prêtres de ce globe. Soyez tranquilles, jamais je ne livrerai le Rhin aux Français, par cette simple raison que le Rhin est à moi. Oui, il est à moi par un imprescriptible droit de naissance, je suis de ce soi-disant Rhin libre le fils encore plus libre et indépendant. C'est sur ses bords qu'est mon berceau, et je ne vois pas pourquoi le Rhin appartiendrait à d'autres qu'aux enfants du pays. Il faut avant tout le tirer des griffes des Prussiens ; après avoir fait cette besogne nous choisirons par le suffrage universel quelque honnête garçon qui a les loisirs nécessaires pour gouverner un peuple honnête et laborieux. Quant à l'Alsace et à la Lorraine, je ne puis pas les incorporer aussi facilement que vous le faites à l'Empire allemand. Les gens de ce pays tiennent fortement à la France, à cause des droits civiques qu'ils ont gagnés à la Révolution française, à cause de ces lois d'égalité et de ces institutions libres qui flattent l'esprit de la bourgeoisie, bien qu'ils laissent encore beaucoup à désirer pour l'estomac des grandes masses. Les Lorrains et les Alsaciens se rattacheront à l'Allemagne quand nous finirons ce que les Français ont commencé, le grand œuvre de la Révolution : la Démocratie universelle ! Quand nous aurons poursuivi la pensée de la Révolution dans toutes ses conséquences, quand nous aurons détruit le servilisme jusque dans son dernier refuge – le ciel ! – quand nous aurons chassé la misère de la surface de la terre, quand nous aurons rendu sa dignité au peuple déshérité, au génie raillé, à la beauté profanée, comme nos grands maîtres, les penseurs et les poètes, l'ont dit et l'ont chanté, et comme nous, leurs disciples le voulons – alors ce n'est pas seulement l'Alsace et la Lorraine, mais la France tout entière, mais l'Europe et le monde sauvé tout entier, qui seront à nous ! Oui, le monde entier sera allemand ! J'ai souvent pensé à cette mission, à cette domination universelle de l'Allemagne, lorsque je me promenais avec mes rêves sous les sapins éternellement verts de ma patrie. Voilà mon patriotisme.

HENRI HEINE

Ce 17 décembre 1844.

I

Ce fut dans le triste mois de novembre – quand les jours s'assombrissent, quand le vent effeuille les arbres, que je partis pour l'Allemagne.

Et lorsque j'arrivai à la frontière, je sentis dans ma poitrine s'accélérer le battement de mon cœur ; je crois même que mes yeux commençaient à s'humecter.

Et lorsque j'entendis parler la langue allemande, je ressentis une étrange émotion. C'était tout simplement comme si mon cœur s'était mis à saigner de charmante façon.

Une petite fille chantait sur une harpe ; elle chantait avec une voix fausse et un sentiment vrai ; mais cependant la musique m'émut.

Elle chantait l'amour et les peines d'amour, l'abnégation et le bonheur de se revoir là-haut dans un monde meilleur, où toute douleur s'évanouit.

Elle chantait cette terrestre vallée de larmes, nos joies qui s'écoulent dans le néant comme un torrent, et cette patrie posthume où l'âme nage transfigurée au milieu de délices éternelles.

Elle chantait la vieille chanson des renoncements, ce dodo des cieux avec lequel on endort, quand il pleure, le peuple, ce grand mioche.

Je connais l'air, je connais la chanson, et j'en connais aussi messieurs les auteurs. Je sais qu'ils boivent en secret le vin, et qu'en public ils prêchent l'eau.

Ô mes amis ! je veux vous composer une chanson nouvelle, une chanson meilleure ; nous voulons sur la terre établir le royaume des cieux.

Nous voulons être heureux ici-bas, et ne plus être des gueux ; le ventre paresseux ne doit plus dévorer ce qu'ont gagné les mains laborieuses.

Il croît ici-bas assez de pain pour tous les enfants des hommes ; les roses, les myrtes, la beauté et le plaisir, et les petits pois ne manquent pas non plus.

Oui, des petits pois pour tout le monde, aussitôt que les cosses se fendent ! Le ciel, nous le laissons aux anges et aux moineaux.

Et s'il nous pousse des ailes après la mort, nous irons visiter là-haut les bienheureux et nous mangerons avec eux les gâteaux célestes.

Une chanson nouvelle, une chanson meilleure ! Elle résonne comme flûtes et violons ! Le *Miserere* est passé, le glas funèbre se tait.

La vierge Europe est fiancée au beau génie de la liberté ; ils enlacent leurs bras amoureux, ils savourent leur premier baiser.

Le prêtre manque à la cérémonie ; mais le mariage n'en sera pas moins valable. Vivent le fiancé et la fiancée, et leurs futurs enfants !

C'est un épithalame que ma chanson, ma chanson nouvelle, ma chanson meilleure. Je sens se lever dans mon cœur des astres inconnus, des étoiles étranges.

Elles brillent d'un feu sauvage, et leurs rayons deviennent des torrents de flammes ! Je sens grandir ma puissance d'une façon merveilleuse ; il me semble que je pourrais briser les chênes séculaires de la vieille Allemagne.

Depuis que j'ai mis le pied sur le sol natal, je ne sais quoi de magique circule dans tout mon être : le géant a touché sa mère, et de nouvelles forces lui reviennent.

II

Pendant que la petite pinçait sa harpe et chevrotait son bonheur des cieux, mes effets étaient ici-bas visités par les douaniers prussiens.

Ils flairaient tout, fouillaient les chemises, les habits, les mouchoirs ; ils cherchaient à découvrir les dentelles, les bijouteries et les livres défendus.

Ah ! maîtres fous ! qui cherchez dans ma malle ! Ce n'est pas là que vous trouverez quelque chose. La contrebande que je porte avec moi, c'est dans ma tête que je la cache.

Là j'ai des dentelles qui sont plus magnifiques que tous les points de Bruxelles et de Malines : si jamais je les déballe, gare à vous, elles piquent.

Dans ma tête, je porte aussi des bijouteries, les insignes royaux de l'avenir, les vases sacrés du temple du nouveau dieu, du grand inconnu !

Et j'ai plus d'un livre aussi dans ma tête ! Je puis vous assurer qu'elle est un nid où gazouille toute une couvée de livres à confisquer.

Croyez-moi, il n'y en a pas de pire dans la bibliothèque de Satan. Ils sont plus dangereux que ceux de ce pauvre lapin Hoffmann de Fallersleben[1].

Un voyageur, qui se trouvait près de moi, me fit remarquer que j'avais devant les yeux maintenant le *Zollverein* prussien, la grande chaîne des douanes.

« Le *Zollverein*, disait-il, fondera notre nationalité ; c'est lui qui fera un tout compact de notre patrie morcelée.

Il nous donne l'unité extérieure, l'unité matérielle ; la censure nous donne l'unité spirituelle, l'unité vraiment idéale.

Elle nous donne l'unité intime, l'unité de pensée et de conscience. Il nous faut une Allemagne une et unie, unie à l'extérieur et à l'intérieur. »

III

À Aix-la-Chapelle, sous le vieux dôme est enseveli Charlemagne. (Il ne faut pas le confondre avec le poétereau Charles Mayer[2] qui vit en Souabe.)

1. L'auteur du *Deutschland über alles* (1798-1874).
2. Poète lyrique de l'école souabe (1786-1870).

J'aimerais peu être mort et enseveli, même avec le titre d'empereur, à Aix, sous la sainte chapelle. Combien je préférerais vivre tout petit poète à Stuttgart, sur le bord du Neckar.

À Aix-la-Chapelle, les chiens s'ennuient dans les rues, et ont l'air de vous faire cette humble prière : « Donne-moi donc un coup de pied, ô étranger ! peut-être cela nous distraira-t-il un peu. »

J'ai flâné une petite heure dans ce trou ennuyeux. C'est là que je revis l'uniforme prussien ; il n'est pas beaucoup changé.

Ce sont toujours les manteaux gris avec le col haut et rouge. (Le rouge signifie le sang français, chantait autrefois Körner[1] dans ses dithyrambes guerriers.)

C'est toujours le même peuple de pantins pédants – c'est toujours le même angle droit à chaque mouvement, et sur le visage la même suffisance glacée et stéréotypée.

Ils se promènent toujours aussi raides, aussi guindés, aussi étriqués qu'autrefois, et droits comme

1. Poète allemand (1791-1813) auteur, notamment, de chants patriotiques.

un I ; on dirait qu'ils ont avalé le bâton de caporal dont on les rossait jadis.

Oui, l'instrument de la schlague n'est pas entièrement disparu chez les Prussiens ; ils le portent maintenant à l'intérieur.

Leur longue moustache n'est tout bonnement qu'une nouvelle phase de l'empire des perruques : au lieu de pendre sur le dos, la queue vous pend maintenant sous le nez.

Je fus assez content du nouveau costume de cavalerie ; je dois en faire l'éloge : j'admire surtout l'armet à pique, le casque avec sa pointe d'acier sur le sommet.

Voilà qui est chevaleresque, voilà qui sent le romantisme du bon vieux temps, la châtelaine Jeanne de Montfaucon[1], les barons de Fouqué[2], Uhland et Tieck.

Cela rappelle si bien le Moyen Âge avec ses écuyers et ses pages, qui portaient la fidélité dans le cœur et un écu sur le bas du dos.

1. Héroïne de l'œuvre chevaleresque d'August von Kotzebue (1761-1819).

2. Écrivain romantique allemand (1777-1843), auteur de l'*Ondine* qui inspira Giraudoux.

Cela rappelle les croisades, les tournois, les cours d'amour et le féal servage, et cette époque des croyants sans presse, où les journaux ne paraissaient pas encore.

Oui, oui, le casque me plaît ! il témoigne de l'esprit élevé de Sa Majesté le spirituel roi de Prusse. C'est véritablement une saillie royale ; elle ne manque pas de pointe, grâce à la pique.

Seulement je crains, messires, quand l'orage s'élèvera, que cette pointe n'attire sur votre tête romantique les foudres plébéiennes les plus modernes.

À Aix-la-Chapelle, je revis à l'hôtel de la poste l'aigle de Prusse que je déteste tant ; il jetait sur moi des regards furieux.

Ah ! maudit oiseau ! si jamais tu me tombes entre les mains, je t'arracherai les plumes et je te rognerai les serres.

Puis je t'attacherai, dans les airs, au haut d'une perche, en point de mire d'un tir joyeux, et autour de toi j'appellerai les arquebusiers du Rhin.

Et le brave compagnon qui me l'abattra, je l'investirai du sceptre et de la couronne rhénane ;

nous sonnerons des fanfares, et nous crierons : « Vive le roi ! »

IV

J'arrivai à Cologne le soir, assez tard ; j'entendis bruire la grande voix du Rhin ; je sentis l'air d'Allemagne glisser sur mon visage, et je ressentis son influence.

Sur mon appétit. Je mangeai une omelette au jambon, et comme elle était très salée, je dus l'arroser de vin du Rhin.

Le vin du Rhin brille toujours comme de l'or dans le vert *Römer*, et si tu bois quelques gorgées de trop, il te monte au cerveau.

Il te monte au cerveau un si doux chatouillement, que tu n'en peux plus de volupté. Ce fut lui qui me fit errer, dans la nuit, par les rues désertes et silencieuses.

Les maisons me regardaient comme si elles eussent voulu m'apprendre des légendes des temps d'autrefois, des légendes de la sainte ville de Cologne.

C'est ici que la prêtraille a mené sa pieuse vie. Ici ont régné les hommes noirs qu'Ulrich de Hutten[1] a décrits.

Ici le cancan du Moyen Âge fut dansé par les moines et les nonnes ; ici Hoogstraten[2] distilla ses dénonciations.

Ici la flamme du bûcher a dévoré des livres et des hommes ; et les cloches tintaient, et on chantait : *Kyrie eleison !*

Ici la stupidité s'accouplait à la méchanceté comme des chiens sur la place publique. On reconnaît encore aujourd'hui les petits-fils à leur fanatisme stupide.

Mais regarde ! là, au clair de lune, ce colossal compagnon ! sombre et chagrin, il se dresse vers les nues – c'est le dôme de Cologne.

Il devait être la Bastille de l'esprit, et les rusés ultramontains pensaient : « C'est dans cette gigantesque prison que languira la raison allemande. »

1. Chevalier allemand (1488-1523) qui incita ses compatriotes à se défaire de la tutelle de Rome dont il critiqua abondamment le clergé.

2. Dominicain, inquisiteur de Cologne et de Trèves (1460-1527).

Alors vint Luther et il a crié de sa voix puissante : « Halte ! » Depuis ce jour, la construction du dôme fut interrompue.

Il resta inachevé ! – et c'est bien ; car c'est justement cet inachèvement qui en fait un monument de la puissance de l'Allemagne et de sa mission émancipatrice ! Ah ! pauvres diables de *la société d'achèvement du dôme*, vous voulez, avec vos pauvres mains débiles, continuer l'œuvre interrompue et finir la pieuse forteresse.

Ô folle illusion ! En vain fera-t-on sonner la bourse du quêteur, même aux oreilles des hérétiques et des juifs !

En vain le grand Franz Liszt donnera des concerts au bénéfice du dôme ; en vain un roi plein de talent viendra-t-il déclamer les tirades les plus dramatiques.

Il ne sera point achevé ! Ce dôme ne sera pas achevé quoique les maîtres sots de la Souabe aient envoyé pour les travaux tout un bateau symbolique chargé de pierres.

Il ne sera pas achevé, malgré tous les cris des corbeaux et des hiboux qui dans leur amour pour les antiquités aiment tant à nicher au haut des cathédrales.

Oui, il viendra même un temps, où, bien loin de l'achever, on fera de sa grande nef une écurie de chevaux.

« Et si la cathédrale de Cologne devient une écurie, que ferons-nous des trois Rois mages qui reposent là sous leur tabernacle ? »

Voilà ce qu'on me demandera. Mais, à notre époque, avons-nous besoin de nous gêner ? Les trois Rois mages de l'Orient pourront se loger autre part.

Croyez-moi, fourrez-les dans les trois cages de fer qui sont suspendues au haut de la tour de Münster qui a nom Saint-Lambert.

Jadis le roi Jean de Leyde[1] y fut suspendu avec ses deux conseillers. Maintenant nous nous servirons de ces mêmes cages de fer pour y loger d'autres majestés.

À droite planera sire Balthazar, à gauche sire Mel-

1. Hollandais, réformateur et chef des anabaptistes de Münster (1509-1536). Il périt dans cette ville sous la torture.

chior, au milieu sire Gaspard le Maure. Dieu sait quel ménage ils ont fait tous les trois quand ils étaient en vie !

Cette sainte alliance de l'Orient qui est maintenant canonisée, peut-être n'a-t-elle pas toujours fait preuve d'une conduite très canonique.

Le Balthazar et le Melchior étaient peut-être deux gaillards qui à l'heure de la détresse avaient promis une Constitution libérale à leur peuple.

Et plus tard ils s'étaient bien gardés de tenir parole. Peut-être que messire Gaspard, le roi nègre, avait payé d'une noire ingratitude le dévouement de ceux qui lui ont reconquis son empire.

V

Et lorsque j'arrivai au pont du Rhin, tout près de la ligne du port, je vis couler à la lueur de la lune le grand fleuve.

Salut, vénérable Rhin ! Comment as-tu vécu depuis ? J'ai pensé plus d'une fois à toi avec désir et avec regret.

C'est ainsi que je parlai, et j'entendis dans les

profondeurs du fleuve des sons étranges et gémissants : c'était comme la toux sèche d'un vieillard, comme une voix à la fois grognarde et plaintive.

« Sois le bienvenu, mon enfant ! Cela me fait plaisir que tu ne m'aies pas oublié ! Voilà treize ans que je ne t'ai pas vu. Pour moi, depuis ce temps j'ai eu bien des désagréments.

À Biberach, j'ai avalé des pierres ; vraiment ce n'est pas trop friand. Mais pourtant les vers de Nicolas Becker[1] me pèsent encore plus sur l'estomac.

Il m'a chanté comme si j'étais encore une vierge pure, qui ne s'est pas laissé dérober la couronne virginale.

Quand j'entends cette sotte chanson je m'arracherais bien ma barbe blanche et vraiment je serais tenté de me noyer dans mes propres flots.

Les Français le savent bien que je ne suis pas une pucelle. Ils ont si souvent mêlé à mes flots leurs eaux victorieuses.

1. Poète allemand (1809-1845), auteur en 1840 d'un très patriotique *Hymne du Rhin* auquel Musset répliqua par : *Nous l'avons eu, votre Rhin allemand*, dans le poème du même nom.

Quelle sotte chanson ! Et quel sot rimeur que ce Nicolas Becker avec son Rhin libre ! Il m'a affiché de honteuse façon. Il m'a même d'une certaine manière compromis politiquement.

Car quand un jour les Français reviendront, il me faudra rougir de honte devant eux, moi qui tant de fois, pour leur retour, ai prié le Ciel avec des larmes.

Je les ai toujours tant aimés, ces gentils petits Français. Chantent-ils, dansent-ils encore comme autrefois ? Portent-ils encore des pantalons blancs ?

Je serais heureux de les revoir ! Mais j'ai peur de leur persiflage à cause de cette maudite chanson, j'ai peur de la raillerie et du blâme qu'ils m'infligeront.

Alfred de Musset, ce méchant garnement, viendra peut-être à leur tête en tambour et me tambourinera aux oreilles toutes ses mauvaises plaisanteries. »

Telle fut la plainte du vieux fleuve, du père Rhenus. Il ne pouvait en prendre son parti. Je lui dis mainte parole consolante pour lui rendre le calme.

« Va, ne crains pas, mon bon vieux, le sarcasme

moqueur des Français ; ce ne sont plus les Français rieurs d'autrefois : ils portent aussi d'autres pantalons.

Les pantalons ne sont plus blancs, ils sont rouges. Les Français d'aujourd'hui sont aussi boutonnés avec d'autres boutons ; ils ne chantent plus ; ils ne dansent plus : ils penchent mélancoliquement la tête.

Ils philosophent maintenant et parlent de Kant, de Fichte et de Hegel. Ils fument et boivent de la bière, et plus d'un joue aux quilles.

Ils se font épiciers, épiciers tout comme nous, je crois même qu'ils nous ont dépassés dans la bonneterie. Ils ne sont plus voltairiens, ils deviennent hengstenbergiens[1].

Alfred de Musset, il est vrai, est encore un méchant garnement. Mais n'aie pas peur ; nous clouerons sa langue moqueuse.

Et s'il te tambourine une mauvaise charge, nous lui en sifflerons une plus méchante encore.

Calme-toi, vieux père Rhin ; ne te préoccupe pas

1. Ernst Wilhelm Hengstenberg (1802-1869), théologien protestant, adversaire des rationalistes.

pas de méchantes rimes. Tu en entendras bientôt de meilleures. Adieu, nous nous reverrons sous peu. »

VI

Paganini était toujours accompagné d'un esprit familier, sous la forme quelquefois d'un chien, quelquefois sous la figure de feu Georges Harris[1].

Napoléon voyait un petit homme rouge la veille de chaque événement important ; Socrate avait son démon.

Moi, qui vous parle, moi quand je suis assis la nuit à ma table de travail, dans mon cabinet d'étude, j'ai vu passer un hôte mystérieux qui alors restait debout silencieusement derrière moi.

Sous son manteau il tenait quelque chose de caché qui étincelait d'une lueur sinistre à la lumière de ma lampe, et il me sembla que c'était une hache, une hache de bourreau

Il me parut d'une taille carrée, ses yeux brillaient comme deux étoiles. Il ne me troublait jamais dans mon travail, tranquille il se tenait à distance.

1. Son imprésario.

Depuis de longues années je n'avais pas vu l'étrange compagnon, lorsque soudain, sous les rayons paisibles de la lune, je le retrouvai à Cologne.

Je marchais pensif le long des rues ; je le vis qui me suivait comme si c'était mon ombre. Quand je m'arrêtais, il s'arrêtait aussi.

Il s'arrêtait comme s'il attendait quelque chose, et si je pressais le pas, il reprenait sa marche. Nous arrivâmes ainsi jusqu'au milieu de la place de la cathédrale.

Cela me devenait insupportable ; je me retournai et je lui dis : « Parle maintenant, pourquoi me suis-tu ainsi jusqu'au milieu de ce désert nocturne ?

Je te rencontre toujours à l'heure où les grandes idées grondent dans ma poitrine, et que les éclairs de la pensée jaillissent de mon esprit.

Tu me regardes si fixement ! Parle, explique-toi ! Que caches-tu sous ton manteau ? Ça brille si terriblement ! Qui es-tu, et que veux-tu ? »

Il répondit d'un ton sec et même un peu maussade : « Je t'en prie, ne m'exorcise pas, et pour l'amour de Dieu ! ne deviens pas pathétique.

Je ne suis point un fantôme du passé, un spectre échappé de la tombe. Je n'aime pas la rhétorique, je ne suis pas non plus très dialecticien.

Je suis d'une nature pratique, toujours calme et taciturne. Sache-le donc : ce que ton esprit médite, c'est moi qui l'exécute.

Et les années ont beau s'écouler, je n'ai point de cesse, jusqu'à ce que j'aie changé en réalité les billevesées de ta pensée. Toi, tu penses, et moi, j'agis.

Tu es le juge, je suis le bourreau, et avec l'obéissance d'un valet j'exécute le jugement que tu rends – fût-il même injuste.

À Rome, dans les anciens jours, on portait une hache devant le consul. Toi aussi, tu as ton licteur, mais c'est derrière toi qu'il marche.

Je suis ton licteur et je te suis sans cesse avec la hache impitoyable ; je frappe, et ce que ton cerveau a enfanté, s'accomplit. Tu es la pensée ; moi, je suis le fait. »

VII

Je rentrai chez moi et dormis comme si les anges m'avaient bercé. On repose si moelleusement dans les lits d'Allemagne : car ce sont des lits de plume.

Combien de fois n'ai-je pas regretté la douceur du duvet natal, quand je me couchais sur de durs matelas dans les nuits sans sommeil de l'exil !

On dort très bien et on rêve encore mieux dans nos lits de plume. C'est là que l'âme allemande se sent libre de toute chaîne terrestre.

Elle se sent libre et plane dans les espaces les plus reculés du ciel. Âme allemande, esprit émancipé, que ton essor est audacieux dans tes rêves nocturnes !

Les dieux pâlissent à ton approche, et sur ton chemin, que d'étoiles n'as-tu pas époussetées du souffle de tes ailes !

La terre est aux Français et aux Russes ; la mer obéit aux Anglais ; mais nous autres Allemands, nous régnons sans rivaux dans l'empire éthérique des rêves.

Là, nous avons l'hégémonie ; là, nous ne

sommes pas morcelés. Les autres peuples ont grandi sur le vil sol de la terre ; mais le peuple allemand s'est développé dans l'espace infini de l'idée !...

Et quand je fus endormi, je rêvai que j'errais encore au clair de lune le long des rues sombres de l'antique Cologne.

Et derrière moi marchait toujours mon acolyte, l'homme à la hache, sombre et silencieux. J'étais si fatigué que mes genoux pliaient ; cependant nous avancions toujours.

Nous avancions toujours ; mon cœur se déchirait dans ma poitrine, et de la blessure ouverte jaillissaient des gouttes sanglantes.

Parfois j'y plongeais le doigt, et parfois il arriva qu'en passant je marquai de mon sang les portes des maisons.

Et chaque fois que je marquais ainsi avec ma main sanglante la porte d'une maison, un glas funèbre résonnait dans le lointain, mélancolique et gémissant.

La lune pâlit au ciel, elle devint de plus en plus blême. Semblables à de noirs coursiers, d'obscures nuées la poursuivaient dans l'espace.

Et toujours s'avançait derrière moi cette sombre figure avec sa hache cachée. Nous marchâmes ainsi longtemps.

Nous allons, nous allons jusqu'à ce qu'enfin nous parvenions à la place de la cathédrale. Les portes en étaient toutes ouvertes. Nous entrons.

Dans l'immense nef régnaient seuls la mort, le silence et la nuit. Çà et là brillaient quelques lampes, pour mieux montrer les ténèbres.

Longtemps je suivis le long des piliers ; j'entendais seulement le bruit des pas de mon compagnon ; là aussi il ne me quittait point d'un instant.

Nous arrivâmes enfin dans un endroit, étincelant de la lumière des cierges et tout rayonnant d'or et de pierreries : c'était la chapelle des Rois mages.

Les trois Rois qui reposent d'ordinaire dans le silence et l'immobilité, ô miracle, ils étaient alors assis sur leurs sarcophages.

Comme des mannequins ils remuaient leurs os morts depuis longtemps, qui sentaient à la fois la putréfaction et l'encens.

L'un d'eux ouvrit même la bouche et me tint un

très long discours. Il cherchait à me démontrer comment il méritait mon respect :

D'abord 1° en qualité de mort, puis 2° en qualité de roi, et enfin 3° en qualité de saint. Tout cela ne m'émut pas beaucoup.

Je lui répondis en riant : « Mort, Roi, Saint – je vois qu'à tout titre tu appartiens au passé.

Allons, pauvres sires, sortez d'ici ; rentrez dans la tombe ! c'est la place qui vous convient. La vie réclame maintenant les trésors de votre chapelle.

La joyeuse cavalerie de l'Avenir doit s'établir ici. Et si vous ne partez pas de bon gré, j'emploierai la force, et je vous rosserai d'importance. »

Voilà ce que je dis aux trois Rois mages, et je leur tournai le dos. Alors je vis étinceler terriblement le fer terrible de mon sombre compagnon, et il comprit le signe que je lui fis.

Il s'approcha, et de sa hache il frappa les misérables squelettes de la superstition et les fracassa sans pitié.

L'écho de toutes les voûtes gémit lamentablement ; des torrents de sang jaillirent de ma poitrine, et je me réveillai soudain.

VIII

De Cologne à Hagen la poste coûte cinq thalers et six gros prussiens. La diligence était malheureusement retenue, et je fus obligé de prendre le coupé de supplément.

Il faisait une de ces matinées humides et nébuleuses de la fin de l'automne ; la voiture pataugeait dans la boue. Cependant, en dépit du mauvais temps et du chemin, je me sentais inondé d'un sentiment de bien-être délicieux.

N'était-ce pas l'air de ma patrie qui frappait ma joue brûlante ! et cette boue de grand chemin, n'était-ce pas la crotte de ma patrie ?

Les chevaux remuaient la queue si affectueusement comme de vieilles connaissances, et ce qu'ils laissaient tomber derrière eux me paraissait beau et odoriférant comme les pommes d'Atalante[1]. La patrie sent toujours bon.

Nous traversâmes Mülheim ; la ville est jolie,

1. Héroïne de la mythologie grecque qui ne consentait à épouser que celui qui l'aurait vaincue à la course. Hippomène y parvint en laissant tomber sur le parcours trois pommes d'or qu'elle ramassa.

les hommes calmes et laborieux. La dernière fois que j'y vins, c'était au mois de mai 1831.

Alors tout était en fleurs, le soleil souriait ; les oiseaux chantaient avec amour, et les hommes espéraient et pensaient.

Ils pensaient : « Notre maigre noblesse prussienne va bientôt partir, et nous leur verserons le coup de l'étrier avec de longues bouteilles de fer.

Et la liberté va venir avec les jeux et les danses et le drapeau tricolore. Peut-être réveillera-t-elle dans la tombe Napoléon. »

Ah ! Seigneur Dieu ! Les chevaliers prussiens sont toujours au bord du Rhin, et plus d'un de ces pauvres hères, arrivé dans le pays maigre comme une cigogne, a maintenant le ventre rondelet.

Ces pâles canailles qui avaient l'air jadis des trois vertus théologales, ont tant bu depuis de notre vin du Rhin qu'ils ont fini par avoir des trognes rouges.

Et la liberté s'est foulé le pied, elle ne peut plus sauter et danser. Le drapeau tricolore à Paris regarde tristement du haut de ses tours.

L'Empereur est ressuscité depuis ; mais les vers

anglais en ont fait un homme tout pacifique, et il s'est laissé rensevelir sans mot dire.

J'ai vu moi-même ses funérailles ; j'ai vu le char doré et les Victoires dorées qui supportaient le cercueil doré.

Le long des Champs-Élysées, par l'Arc de triomphe, par le brouillard et sur la neige le convoi défila lentement.

La musique raclait d'une effroyable façon, les nez des musiciens étaient bleus et leurs doigts raides de froid ; les aigles des étendards me saluaient d'un air piteux.

Les hommes regardaient avec des yeux hagards, à la fois réjouis et terrifiés, comme s'ils voyaient apparaître un fantôme chéri. Dans leur âme se rallumaient les vieux souvenirs du rêve impérial. Le conte de fées de l'Empire, avec ses splendeurs héroïques, était évoqué devant eux.

J'ai pleuré ce jour-là. Les larmes me sont venues aux yeux, quand j'ai entendu retentir ce cri d'amour, oublié depuis longtemps : « Vive l'Empereur ! »

IX

J'étais parti de Cologne à huit heures moins un quart du matin. Nous arrivâmes à Hagen vers les trois heures. C'est là que l'on dîne.

La table était mise. Là, je retrouvai tout à fait la vieille cuisine germanique. Je te salue, choucroute ! Tes parfums sont enivrants !

Des châtaignes grillées dans des choux verts, comme celles que je mangeais jadis chez ma mère ! Salut *Stockfische* de la patrie ! comme vous nagez joyeusement dans le beurre ! que vous avez de l'esprit !

À tous les cœurs bien nés la patrie est chère ! J'aime aussi d'un beau brun doré les harengs saurs aux œufs !

Comme les saucissons babillent gentiment dans la graisse qui pétille ! Les grives, en bons petits anges rôtis avec de la compote de pommes, me gazouillent la bienvenue.

« Sois le bienvenu, compatriote, me gazouillent-elles tout bas ; tu t'es absenté longtemps. Tu t'es longtemps diverti à l'étranger avec d'autres oiseaux. »

Il y avait aussi sur la table une oie, tranquille et bonne créature. Peut-être qu'elle m'a aimé autrefois, quand nous étions jeunes tous les deux.

Elle me regardait d'une façon si sentimentale, si intime, si dévouée, si mélancolique ! À coup sûr, elle possédait une belle âme ; mais la chair était bien coriace.

On servit aussi sur un plat d'étain une tête de porc. Chez nous, en Allemagne, on garnit toujours de feuilles de laurier le front des cochons.

X

Au sortir de Hagen, il faisait nuit, et je sentais le froid me pénétrer jusqu'à la moelle des os. Je ne pus me réchauffer qu'à Unna, dans une auberge.

Je trouvai là une jolie fille qui me versa le punch d'un air amical. Ses cheveux bouclés étaient comme de la soie dorée, ses yeux doux comme les rayons de la lune.

Je retrouvai avec bonheur l'accent westphalien qui grasseye. Le punch rallumait mille doux souvenirs. Je pensai à ces bons frères de Westphalie.

Ces chers Westphaliens, avec qui j'ai si souvent bu à Göttingen, jusqu'à ce qu'une douce émotion gagnât notre cœur, et que nous nous embrassions tendrement, et que nous tombions tendrement sous la table.

Je les ai toujours aimés, ces chers, ces bons Westphaliens, ce peuple si fort, si sûr, si loyal, sans vanterie, sans jactance.

Comme ils étaient beaux sur le terrain d'un duel, avec leur cœur de lion ! Les quartes et les tierces de leur rapière, comme elles tombaient droites et franches.

Ils se battent bien, ils boivent bien, et quand ils vous tendent la main, en témoignage d'amitié, ils se mettent à pleurer ; ce sont des chênes *sentimentaux*.

Que le Ciel te conserve, brave peuple ; qu'il bénisse tes moissons, qu'il te préserve de la guerre et de la gloire, des héros et de leurs exploits héroïques.

Qu'il accorde toujours à tes fils de faciles examens, et qu'il marie bien tes filles. Amen !

XI

Voici la forêt de Teutobourg, dont Tacite a fait la description. C'est là le marais classique où Varus[1] est resté.

C'est là que se battit le prince des Chérusques, Hermann[2], la noble épée ; la nationalité allemande a vaincu sur ce terrain boueux, dans cette crotte où s'enfoncèrent les légions de Rome.

Si Hermann n'eût pas gagné la bataille avec ses hordes blondes, il n'y aurait plus de liberté allemande ; nous serions devenus romains.

Dans notre patrie régneraient maintenant la langue et les coutumes de Rome. Il y aurait des vestales même à Munich ; les Souabes s'appelleraient *quirites*[3].

Hengstenberg serait un aruspice et fouillerait dans les entrailles des taureaux ; Neander[4] serait un augure et considérerait, son nez au vent, le vol des oiseaux de Berlin.

1. Général romain dont les troupes furent décimées dans la forêt de Teutobourg et qui s'y donna la mort.
2. Arminius, le vainqueur de Varus.
3. On appelait *quirites* les citoyens résidant à Rome.
4. Théologien allemand (1789-1850), auteur d'une *Vie de Jésus*.

Mme Birch-Pfeifer[1] boirait de la térébenthine, comme jadis les dames romaines (vous savez que c'était pour parfumer – vous savez quoi).

Raumer[2] ne serait pas un barbouilleur allemand ; ce serait un scribe romain. Freiligrath[3] ferait des vers sans rime, comme jadis Flaccus Horatius[4].

Le grossier mendiant, père Jahn[5], porterait fièrement la toge puante. *Mehercule !*[6] Massmann[7] parlerait latin et s'appellerait Marcus Tullius Massmannus !

Les martyrs de la vérité se prendraient aux cheveux dans les arènes avec les lions, les hyènes et les chacals, au lieu d'avoir affaire avec des chiens dans les petits journaux.

1. Dramaturge allemande, également actrice, qui dirigea le théâtre de Zurich.

2. Historien allemand (1781-1873) qui fut ambassadeur à Paris en 1848.

3. Poète allemand (1810-1876).

4. Que l'on connaît mieux sous le nom d'Horace.

5. Écrivain politique allemand (1778-1852) ; il définit la *Volkstum* (nationalité) allemande et fonda une société de gymnastique dans laquelle on entraînait les futurs soldats…

6. *Par Hercule !* Juron latin très masculin.

7. Hans Ferdinand Massmann (1797-1874), lui aussi fondateur d'une société de gymnastique et nationaliste convaincu, il était l'une des cibles favorites de Heine.

Nous aurions un seul Néron à cette heure, au lieu de trois douzaines de pères de la patrie. Nous nous couperions les veines pour faire la nique aux valets du despotisme.

Schelling[1] prendrait un bain comme un Sénèque et finirait au moins comme un philosophe. Nous dirions à notre illustre peintre Cornélius[2] : *Cacatum non est pictum*.

Dieu soit loué ! Hermann a gagné la bataille ; les Romains furent défaits. Varus périt avec ses légions, et nous sommes restés Allemands.

Nous sommes restés Allemands ; et nous parlons allemand. L'âne s'appelle âne et non *asinus* ; les Souabes sont restés Souabes.

Raumer est resté un barbouilleur allemand. Freiligrath rime et n'est pas devenu un Horace.

Dieu soit loué ! Massmann ne parle pas latin. Mme Birch-Pfeifer ne fait qu'écrire des drames et ne boit point de la térébenthine, comme les dames galantes de Rome.

1. Le philosophe de l'école romantique (1775-1854).

2. Peintre allemand (1783-1867) qui exalta dans ses fresques le passé national.

Ô Hermann ! voilà ce que nous te devons ; c'est pourquoi, comme bien tu le mérites, on t'élève un monument à Detmold ; j'ai souscrit moi-même pour cinq centimes.

XII

La nuit rend plus sombre et inhospitalière la forêt où roule, clopin-clopant, ma chaise de poste. Soudain un craquement retentit ; une roue se brise. Nous arrêtons. Voilà qui n'est pas très agréable.

Le postillon descend et court au village, je reste seul à minuit au milieu des bois. Tout autour on entend des hurlements sauvages.

Ce sont les loups qui hurlent avec leurs voix d'affamés ; leurs yeux brûlent dans les ténèbres comme des flambeaux.

Ces animaux, à coup sûr, ont eu vent de mon arrivée, et c'est en mon honneur qu'ils ont ainsi illuminé la forêt et qu'ils chantent leurs chœurs.

C'est une sérénade, j'y vois clair maintenant, ils veulent me fêter ! Aussitôt je me mets dans la posture obligée, et d'une voix émue je leur tiens ce discours :

« Frères loups ! je suis heureux d'être aujourd'hui au milieu de vous, où tant de nobles cœurs me hurlent avec amour la bienvenue.

Ce que j'éprouve en ce doux et beau moment est inexprimable. Ah ! cette belle heure restera gravée éternellement dans mon souvenir.

Frères loups ! jamais vous n'avez douté de moi, jamais vous n'avez laissé surprendre votre bonne foi par des renards qui vous ont dit que j'étais passé aux chiens.

Que j'étais renégat et que bientôt je serais conseiller aulique[1] dans le parc des moutons. Relever de pareilles calomnies était trop au-dessous de ma dignité.

La peau de brebis que j'ai endossée quelquefois pour me réchauffer, croyez-moi, elle ne m'a jamais porté à m'extasier sur le bonheur des brebis.

Je ne suis ni brebis, ni chien, ni conseiller aulique. Je suis resté loup. Mon cœur et mes dents sont ceux d'un loup.

Je suis un loup et je hurlerai toujours avec les

1. Les conseillers auliques appartenaient à un tribunal particulier dont disposaient certains princes d'Allemagne.

loups. Oui, comptez sur moi, et aidez-vous vous-mêmes, et le Ciel vous aidera. »

Tel fut le discours que je fis sans la moindre préparation. Mon ami Kolb[1] l'a un peu tronqué en l'imprimant dans *la Gazette d'Augsbourg*.

XIII

Le soleil se leva près de Paderborn avec une mine très rébarbative. Il fait là en effet un bien ennuyeux métier, d'éclairer cette sotte terre !

À peine a-t-il éclairé un de ses côtés, et se dépêche-t-il de porter sa lumière à l'autre, que le premier s'obscurcit aussitôt.

Sisyphe voit retomber son rocher, le tonneau des Danaïdes ne se remplit jamais, et le soleil éclaire en vain le globe.

Quand les vapeurs du matin se dissipèrent, je vis s'élever sur le bord du chemin l'image du crucifié, éclairée par l'aurore rouge comme du sang.

Ta vue me remplit chaque fois de mélancolie, je

1. Journaliste et ami de Heine.

ne peux te regarder sans une profonde commisération, toi qui as voulu racheter le monde, sauver les hommes ! Folie divine !

Ils t'ont rudement traité, messieurs du grand Conseil de Jérusalem. Qui t'avait conseillé aussi de parler si librement de l'État et de l'Église ?

Pour ton malheur, l'imprimerie n'était pas encore inventée. Tu aurais écrit un livre sur le royaume des cieux.

Le censeur aurait biffé ce qui a rapport à la terre, et dans sa bienveillance la censure te sauvait de la croix.

Ah ! si seulement tu eusses choisi un autre texte pour ta prédication de la montagne ! Tu avais certes assez de talent et d'esprit pour pouvoir voiler ta pensée, et tu as pu ménager les dévots !

Mais tu as été trop passionné, tu as chassé du temple avec un fouet les changeurs et les banquiers : malheureux Dieu ! te voilà cloué à la croix pour servir d'avertissement et d'exemple.

XIV

Le vent est humide, le pays nu, la patache[1] chancelle dans la boue. Pourtant je chante dans mon cœur : Soleil, flamme accusatrice !

C'est le refrain d'une vieille chanson que me chanta bien souvent ma nourrice : « Soleil, flamme accusatrice ! » C'est comme si j'avais entendu les sons du cor dans les bois.

Dans la chanson il y a un meurtrier qui vit dans la joie et les plaisirs. À la fin on le trouva dans la forêt, pendu aux branches d'un saule au pâle feuillage.

La condamnation à mort du meurtrier était clouée au tronc de l'arbre. C'était l'œuvre des vengeurs de la sainte *Vehme*[2]. Soleil, flamme accusatrice !

Le soleil l'avait dénoncé ; il avait tant fait que le meurtrier avait été découvert et condamné. Ottilie[3] mourante s'était écriée : « Soleil, flamme accusatrice ! »

1. Diligence d'un confort très rudimentaire.
2. Tribunal populaire secret qui se réunissait au Moyen Âge, en Allemagne.
3. L'héroïne de la chanson en question.

Et quand je me rappelle la chanson, je me rappelle aussi ma nourrice, la bonne vieille ; je revois son visage bruni, avec tous ses plis et toutes ses rides.

Elle était née dans le pays de Münster et savait une quantité d'effroyables histoires de revenants, et des contes et des ballades populaires.

Que mon cœur battait quand la vieille femme me disait la fille du roi qui s'asseyait toute seulette sur la bruyère et peignait ses cheveux dorés !

Il lui fallait garder les oies comme une villageoise, et le soir, quand elle les ramenait des champs, elle restait toute triste, immobile, à la porte de la ville.

Car elle voyait une tête de cheval clouée au-dessus de la porte. C'était la tête du pauvre cheval sur lequel elle était venue dans la terre étrangère.

La fille du roi disait en soupirant : « Ô Falada ! dire que te voilà pendue ! » La tête de cheval répondait : « Ô malheur ! dire que tu mènes paître les oies ! »

La fille du roi disait en soupirant : « Ah ! si ma mère le savait ! » La tête de cheval répondait : « Son cœur se briserait de douleur. »

Pour mieux écouter, je suspendais mon haleine quand la vieille baissait la voix, et d'un ton plus grave commençait à parler de Barberousse, de notre mystérieux empereur.

Elle m'assurait qu'il n'était pas mort comme les savants le prétendent, qu'il restait caché dans une montagne avec ses compagnons d'armes.

La montagne s'appelle Kyffhaüser, et dans ses flancs se trouve une caverne. Des lampes illuminent d'une clarté fantastique les salles aux voûtes profondes.

La première salle est une écurie, et là on peut apercevoir mille chevaux aux caparaçons étincelants devant leur crèche.

Ils sont sellés et bridés ; pourtant pas un seul ne hennit, pas un seul ne piétine. Ils sont immobiles comme s'ils étaient coulés en fer.

Dans la seconde salle on voit des soldats couchés sur la paille, mille soldats, gaillards à longue barbe, aux traits fiers et belliqueux.

Ils sont armés de pied en cap ; pourtant pas un de ces braves ne remue, pas un ne bouge, ils gisent immobiles et dorment.

Dans la troisième salle sont des piles d'épées, de haches, de piques, de casques d'argent et d'acier, de vieilles armes à feu.

Peu de canons, assez pourtant pour former un trophée. Au sommet flotte un drapeau aux couleurs noire, rouge et or.

L'empereur habite la quatrième salle. Depuis bien des siècles il est assis sur la chaise de pierre, devant sa table de pierre, la tête entre ses mains.

Sa barbe, qui descend jusqu'à terre, est rouge comme le feu. Par moments il remue la paupière, d'autres fois il fronce le sourcil.

Dort-il ou médite-t-il ? c'est ce que l'on ne peut savoir. Mais quand l'heure sonnera, il secouera fortement sa léthargie séculaire.

Il saisira le fidèle drapeau et criera : « À cheval, à cheval ! » Son peuple de cavaliers s'éveillera et se lèvera avec un bruit d'armures.

Chacun s'élance sur son cheval qui hennit et bat du pied. Ils chevauchent à travers le monde, et les trompettes résonnent.

Ils chevauchent bien et se battent bien. Ils ont

fini leur sommeil. L'empereur rend une justice sévère ; il tient à punir les assassins.

Les assassins qui ont mis à mort la belle Germanie, la princesse à la blonde chevelure. Soleil, flamme accusatrice !

Plus d'un qui se croit à l'abri, et qui rit caché dans son château, n'échappera pas à la potence, à la colère de Barberousse.

Comme ils résonnent doucement à mon oreille, les contes de la vieille nourrice ! Mon cœur superstitieux chante à tue-tête : « Soleil, flamme accusatrice ! »

XV

Il tombe une petite pluie fine et froide, comme des pointes d'aiguille. Les chevaux remuent tristement la queue, et pataugent dans la boue et suent.

Le postillon donne du cor. Je connais ce vieil air : « Trois cavaliers sortent de la ville. » Tout devient si vaporeux, si confus dans mon âme.

J'eus sommeil et je m'endormis ; et voyez ! je

rêvai à la fin que je me trouvais dans la montagne merveilleuse auprès de l'empereur Barberousse.

Il n'était plus assis sur sa chaise de pierre, auprès de la table de pierre, comme une statue de pierre, il n'avait pas non plus la mine aussi respectable qu'on se le figure ordinairement.

Il parcourait les salles en causant familièrement avec moi. Il me montrait, avec le contentement d'un antiquaire, les curiosités et les trésors de son château.

Dans la salle des armes il m'expliqua comment on se servait des massues ; il frottait avec l'hermine de son manteau quelques épées pour en ôter la rouille.

Il prit un plumeau de paon et épousseta mainte armure, maint casque, maint armet à pointe, mainte hallebarde.

Il épousseta aussi le drapeau et me dit : « Ce qui me rend le plus fier, c'est que la *teigne* n'a pas encore mangé la soie, et que les vers n'ont pas encore piqué le bois. »

Et quand nous fûmes arrivés à la salle où plusieurs milliers de guerriers dormaient à plate terre, tout armés pour le combat, le bonhomme me dit en clignotant de l'œil, avec une certaine satisfaction puérile :

« Ici, il nous faut parler et marcher sans bruit, pour ne pas éveiller ces braves gens ; voilà cent années d'écoulées encore, et nous sommes aujourd'hui au jour de paie. »

Et voilà que l'empereur s'approche doucement des soldats endormis et leur met à chacun un ducat dans la poche.

Je le contemplai plein de surprise, alors il se mit à me dire en souriant : « Je leur donne à chacun un ducat pour solde tous les cent ans. »

Dans la salle où les chevaux se tenaient debout en longues et muettes rangées, l'empereur se frotta les mains ; il paraissait se réjouir singulièrement.

Il comptait les chevaux un à un et leur caressait les côtes. Il comptait et recomptait ; ses lèvres s'agitaient avec inquiétude et avec hâte.

« Ce n'est pas encore le nombre au juste, disait-il enfin tout chagrin ; j'ai assez d'armes et de soldats, mais ce sont les chevaux qui manquent.

J'ai envoyé de tous côtés des maquignons qui achètent pour moi les meilleurs chevaux ; j'en ai déjà un bon nombre.

J'attends que le nombre soit complet, et alors je frapperai, et je délivrerai ma patrie, mon peuple allemand qui m'attend avec fidélité. »

Ainsi parla l'empereur, mais je m'écriai : « Frappe, vieux compagnon ! frappe tout de suite, et si tu n'as pas assez de chevaux, prends des ânes à leur place. »

Barberousse reprit en souriant : « Rien ne presse, il n'y a pas nécessité de se tant dépêcher. Rome n'a pas été bâtie dans un jour. Une bonne œuvre demande du temps.

Ce qui ne vient pas aujourd'hui viendra sûrement demain. Ce n'est que lentement que croît le chêne, et *chi va piano va sano*, dit un proverbe de l'Empire romain. »

XVI

Un cahot de voiture m'éveilla ; bientôt pourtant je refermai les paupières, je me rendormis et je rêvai encore de Barberousse.

Je me promenais encore avec lui par les salles sonores ; il me faisait maintes et maintes questions, et avait mille choses à me faire raconter.

Depuis bien, bien des années, depuis la guerre de Sept Ans, il n'avait pas appris la moindre nouvelle de notre monde d'en haut.

Il s'enquit de Moïse Mendelssohn[1], de la Karschin, il s'informa avec intérêt de la comtesse Du Barry, la maîtresse de Louis XV.

« Ô empereur ! m'écriai-je, comme tu es en retard ! Moïse Mendelssohn est mort depuis longtemps avec sa Rébecca ; Abraham, son fils aussi est mort et enterré.

Abraham a mis au monde avec Léa un marmot ; il s'appelle Félix, qui a fait son chemin dans la chrétienté, il est déjà maître de chapelle.

La vieille Karschin est morte ; la Klenke, sa fille, est morte aussi ; Helmine Chezy, sa petite-fille est encore en vie, à ce que je crois.

La Du Barry a mené joyeuse vie tant que Louis

1. Philosophe allemand (1729-1786), réformateur du judaïsme et grand-père du musicien.

régna, Louis XV bien entendu ; elle était déjà vieille quand on l'a guillotinée.

Louis XV est mort bien tranquillement dans son lit. Pour Louis XVI, il a été guillotiné avec la reine Marie-Antoinette.

La reine Marie-Antoinette, lorsqu'on la guillotina, montra un grand courage, comme cela devait être. Mais la Du Barry se mit à pleurer et à jeter les hauts cris quand on la guillotina. »

L'empereur arrêta tout à coup ses pas, me regarda fixement, et dit, tout effrayé : « Pour l'amour de Dieu, qu'est-ce donc que ça "guillotiner" ?

– Guillotiner, lui expliquai-je, c'est une nouvelle méthode par laquelle on fait passer de vie à trépas les gens de toute condition.

Dans cette nouvelle méthode on se sert aussi d'une nouvelle machine qu'inventa M. Guillotin, d'où lui vient le nom de guillotine.

On t'attache sur une planche qui s'abaisse ; vite, on te glisse entre deux poteaux ; tout en haut est suspendu un couperet triangulaire.

On tire une ficelle, le couperet glisse et tombe tout gentiment, tout gaiement. Dans cette occurrence, ta tête tombe dans un sac. »

L'empereur m'interrompit : « Tais-toi, je ne veux rien savoir de ta machine. Dieu me préserve des inventions de ton M. Guillotin !

Le roi et la reine ! liés ! liés sur une planche ! mais c'est contre tout respect, contre toute étiquette !

Et toi, qui es-tu, toi qui oses me parler si familièrement ? Attends, mon garçon, je vais te rabattre un peu le caquet !

Ma bile s'échauffe à t'entendre parler de la sorte. Ton souffle est déjà une haute trahison, ton sourire est un crime de lèse-majesté. »

Quand je vis le vieillard s'échauffer ainsi et m'invectiver sans ménagement et sans retenue, alors j'éclatai à mon tour et je laissai parler mes plus intimes pensées :

« Seigneur Barberousse, lui dis-je à haute voix, tu n'es qu'un être fabuleux, un spectre du passé ; va-t'en, retourne dormir ; nous nous délivrerons bien sans toi.

Les républicains nous riraient au nez en voyant à notre tête un pareil fantôme avec le sceptre et la couronne ; ils nous larderaient d'épigrammes.

Ton drapeau ne me plaît pas non plus. Les fous teutomanes, quand j'étais encore dans la *Burschenschaft*[1], m'ont gâté à tout jamais le goût de ces couleurs rouge, noire et or.

Ce que tu as de mieux à faire, vieille ganache impériale, c'est de rester chez toi dans ton vieux Kyffhaüser. Plus je réfléchis, plus je crois que le peuple allemand peut se passer d'empereur. »

XVII

Je me suis querellé avec l'empereur, en rêve, bien entendu. À l'état de veille nous ne parlons pas aux princes avec autant d'indépendance.

Ce n'est qu'en rêvant, ce n'est qu'en songe idéal que l'Allemand ose leur exprimer sa franche opinion allemande, qu'il porte si profondément dans son cœur allemand.

1. Association d'étudiants.

Quand je me réveillai, nous passions près d'une forêt ; la vue des arbres effeuillés, de cette réalité nue et triste, chassa tout à fait mes rêves.

Les chênes secouaient sévèrement la tête ; leurs branches, comme autant de verges, me faisaient des signes d'avertissement, et je m'écriai : « Pardonne-moi, mon empereur bien-aimé !

Pardonne-moi, ô Barberousse, ces paroles trop promptes ! je sais que tu es plus sage que moi ; j'ai si peu de patience ! Sors bientôt, mon empereur, de ta montagne – reviens ! reviens !

Si la guillotine ne te plaît pas, tiens-t'en aux anciennes méthodes : l'épée pour les nobles, la corde pour les bourgeois et les vilains.

Seulement change de temps en temps, fais pendre les nobles et décapiter un peu les bourgeois et les paysans ; car nous sommes tous des créatures du bon Dieu.

Rétablis le code pénal, la procédure impitoyable de Charles Quint, et divise le peuple en états, en communautés et en corporations.

Rétablis-nous le vieux Saint Empire romain,

rends-nous toutes ces guenilles resplendissantes avec toutes leurs gentillesses vermoulues.

Le Moyen Âge, le vrai Moyen Âge tel qu'il a été, je veux bien l'accepter ; mais délivre-nous de ce régime bâtard,

De cette chevalerie en uniforme prussien, hideux mélange de superstition gothique et de moderne mensonge, qui n'est ni chair ni poisson.

Chasse-moi cet attirail de comédiens, chasse-les de ces tréteaux où l'on parodie le passé. Viens, viens, empereur Barberousse ! »

XVIII

Minden est une forteresse qui a de beaux remparts. Pourtant j'aime peu avoir affaire avec les forteresses prussiennes.

Nous y arrivâmes vers le soir. Les planches du pont-levis gémissaient d'une façon si lamentable quand nous le traversâmes. Au bas, les sombres fossés étaient béants.

Les hauts bastions nous regardaient d'un air

chagrin et menaçant. La grande porte s'ouvrit en grinçant et se ferma en grinçant aussi.

Ah ! mon âme fut contristée comme dut l'être celle d'Ulysse quand il entendit rouler le rocher dont Polyphème ferma sa caverne.

Il se présenta un caporal à la porte de la voiture et il nous demanda nos noms. « Je m'appelle Personne, je suis oculiste, et j'opère la cataracte sur les yeux des géants. »

À l'auberge je fus encore plus mal à mon aise ; à table je ne trouvai rien à mon goût. Je me mis au lit de suite, mais je ne pus dormir, les couvertures m'étouffaient.

C'était un large lit de plume, avec des rideaux d'un damas rouge ; le ciel en était d'or passé, avec une campane[1] flétrie.

Maudite campane ! toute la nuit elle n'a fait que me priver de sommeil ; elle était suspendue sur ma tête, menaçante comme l'épée de Damoclès.

Parfois elle me faisait l'effet d'une tête de serpent, et je l'entendais me siffler mystérieusement

1. Tenture de soie garnie de clochettes.

à l'oreille : « Te voilà dans la forteresse, et tu y resteras ; tu ne peux plus m'échapper !

– Oh ! que ne suis-je, soupirai-je, que ne suis-je chez moi, près de mon excellente femme, à Paris, dans le faubourg Poissonnière. »

Parfois aussi je sentais quelque chose passer sur mon front, on eût dit une froide main de censeur, et dans mon cerveau mes pensées furent paralysées.

Des gendarmes drapés dans des linceuls entouraient mon lit comme des spectres, et j'entendais aussi un bruit de chaînes peu récréatif.

Hélas ! les fantômes armés m'entraînaient, et à la fin je me trouvai attaché à un rocher à pic.

Cette atroce et sale campane qui surmontait mon ciel de lit, je la retrouvai là. Mais maintenant c'était un vautour au noir plumage, aux serres aiguës.

Ce vautour ressemblait, à s'y méprendre, à l'aigle de Prusse ; cramponné sur mon corps, il me dévorait le foie dans la poitrine. J'ai pleuré et gémi.

J'ai pleuré longtemps, jusqu'à ce que le coq vînt à chanter, qui chassa la fièvre avec ses rêves. Je me réveillai à Minden dans mon lit inondé de sueur. L'aigle de Prusse était redevenu une sotte campane.

Je pris la poste, et je ne pus respirer librement que lorsque je fus en dehors de la forteresse, au milieu de la libre nature, sur le sol de Bückeburg.

XIX

Ô Danton ! tu t'es bien trompé, et tu as payé cher ton erreur ! On peut emporter la patrie sous la semelle de ses souliers.

La demi-principauté de Bückeburg, ne l'ai-je point emportée aux talons de mes bottes ? Jamais je n'ai vu de ma vie des routes aussi fangeuses.

À Bückeburg je descendis de voiture pour aller voir le château où est né mon grand-père ; ma grand-mère était de Hambourg.

J'arrivai à Hanovre vers midi, et je me fis décrotter. Je sortis aussitôt pour parcourir la ville. J'aime à voyager avec fruit.

Seigneur Dieu ! voilà ce qui s'appelle de la propreté ! Ici la boue n'est pas dans les rues. On y voit maints édifices superbes, masses tout à fait imposantes.

Une grande place surtout, entourée de magnifiques maisons, frappa mon attention. C'est là que le roi réside, c'est là que s'élève son palais.

Il est d'assez belle apparence (le palais bien entendu). Devant le portail, de chaque côté est une guérite. La garde en collet rouge, l'arme au bras, y fait sentinelle d'un air sauvage et menaçant.

Mon cicérone me dit : « C'est là que demeure Ernest-Auguste, un vieux lord ultratory, un *gentleman* assez bien conservé.

C'est là qu'il demeure au sein d'une sécurité champêtre ; car, mieux que par tous les trabans du monde, il est protégé par le manque de cœur de tous nos chers camarades.

Je vais le voir de temps en temps, et il se plaint alors des ennuis de son métier, de ce métier de roi, qu'il est condamné à faire dans le royaume de Hanovre.

Habitué à la vie de la Grande-Bretagne, il se dit trop à l'étroit ici, le *spleen* le tourmente, il craint presque de ne pouvoir à la longue résister à une idée patibulaire[1].

Avant-hier je l'ai trouvé tout triste, accroupi devant la cheminée – c'était le matin – Sa Majesté faisait infuser elle-même un lavement pour ses chiens malades. »

XX

De Harbourg je fus dans une heure à Hambourg. C'était le soir ; les étoiles me saluaient ; l'air était doux et frais.

Et lorsque j'arrivai près de madame ma mère, sa joie fut presque de l'effroi : « Mon cher enfant ! » s'écria-t-elle, en frappant ses deux mains.

« Mon cher enfant, voilà bien treize ans que je ne t'ai vu. Tu dois avoir faim ; dis-moi, que vas-tu manger ?

J'ai du poisson, de l'oie et des oranges de Portugal.

– Alors donne-moi du poisson, de l'oie et des oranges de Portugal. »

1. Au sens premier de *relatif à la potence, au gibet*.

Et pendant que je mangeais avec grand appétit, ma mère, toute gaie et heureuse, me demandait ceci, me demandait cela, et parfois me faisait des questions captieuses.

« Mon cher enfant, et te soigne-t-on bien, là-bas, dans le pays étranger ? Ta femme est-elle bonne ménagère, et te raccommode-t-elle tes bas et tes chemises ?

– Le poisson est excellent, ma petite mère ; mais il faut le manger en silence ; on attrape si vite une arête dans le gosier. Ne me trouble pas maintenant. »

Et quand j'eus dévoré ce brave poisson, on me servit l'oie. Ma mère me demandait ceci, me demandait cela, et parfois me faisait des questions captieuses.

« Mon cher enfant, dans quel pays vit-on le mieux ? Est-ce ici ou en France ? À quel peuple donnes-tu la préférence ?

– L'oie allemande, chère petite mère, est bonne, cependant les Français garnissent mieux les oies que nous. Ils ont aussi de meilleures sauces. »

Et quand l'oie dut se retirer, les oranges firent

leur entrée ; elles étaient parfaites, au-delà de toute espérance.

Mais ma mère se remit toute joyeuse, à me faire maintes et maintes questions, même parfois sur des matières scabreuses.

« Mon cher enfant, que penses-tu maintenant ? Fais-tu toujours de la politique avec la même passion ? À quel parti se rattachent tes convictions ?

– Les oranges, chère petite mère, sont excellentes, et c'est avec un vrai plaisir que j'en bois le doux jus, mais je laisse là l'écorce. »

XXI

La ville, qui a été brûlée à moitié[1], se rebâtit petit à petit. Comme un caniche à moitié tondu, Hambourg fait une triste figure.

Combien de rues me manquent, et dont la perte m'est bien pénible ! Où est la maison où j'ai reçu et donné les premiers baisers de l'amour ?

1. En 1842, un incendie détruisit la moitié de la ville de Hambourg.

Où est l'imprimerie où j'ai fait imprimer les *Reisebilder* ? Où est la taverne où j'ai avalé les premières huîtres ?

Et le Dreckwall, où est donc le Dreckwall ? Je le cherche inutilement ! Où est le café nommé *Pavillon*, où j'ai tant mangé de gâteaux ?

Où est l'Hôtel de Ville où trônaient le Sénat et la bourgeoisie ? Tout est devenu la proie des flammes ! La flamme n'a épargné aucun sanctuaire.

Les habitants y songent encore avec effroi, et d'un air mélancolique et en soupirant ils me racontaient l'épouvantable catastrophe.

« L'incendie prit à la fois de tous côtés ; on ne voyait que feu et fumée. Les tours des églises flambaient et s'écroulaient avec un fracas terrible.

La vieille Bourse est brûlée, là où se promenaient nos pères, et où pendant des siècles ils ont fait de bonnes affaires en trafiquant aussi honnêtement que possible.

La Banque, cette âme d'argent de la ville, et son grand livre où chacun est estimé à sa juste valeur, sont restés intacts. Dieu soit loué !

Dieu soit loué ! on a fait des collectes pour nous, jusque chez les nations les plus lointaines. C'est une bonne affaire ; la collecte a bien rapporté huit millions !

De tous les pays l'argent affluait dans nos mains ouvertes. Nous acceptâmes aussi des vivres ; nous ne dédaignions aucune aumône.

On nous a expédié des vêtements et des lits en quantité, et du pain, de la viande, de la soupe ! Le roi de Prusse voulait même nous envoyer des troupes.

Le dommage matériel a été réparé. On peut l'estimer à tant. Mais la peur, la peur, personne ne peut nous la payer. »

Pour les consoler, je leur dis : « Mes bonnes gens, il ne faut pas pleurer et vous désoler ainsi. Troie était une bien autre ville, et pourtant il lui fallut brûler !

Rebâtissez vos maisons, desséchez vos cloaques, procurez-vous de meilleures lois et de meilleures pompes à feu.

Ne mettez pas trop de piment de Cayenne dans vos potages à la tortue. Vos carpes aussi ne valent rien, vous les faites cuire avec les écailles.

Des dindes truffées ne vous font pas grand mal ; mais défiez-vous de la malice de l'oiseau qui a pondu son œuf dans la perruque du bourgmestre.

Qui est ce maudit oiseau ? Je n'ai pas besoin de vous le dire. Quand je pense à ce crapaud ailé de Brandebourg, tout mon dîner tourne dans mon estomac. »

XXII

Les hommes me parurent encore plus changés que la ville ; ils errent çà et là, si tristes, si affaissés, qu'ils ont l'air de ruines ambulantes.

Ceux qui étaient maigres sont encore plus minces ; ceux qui étaient gras sont encore plus replets. Les enfants sont vieux, et les vieux pour la plupart sont tombés en enfance.

Plusieurs, que j'ai quittés veaux, sont à l'état de bœuf à présent. Maintes petites dindes d'alors sont devenues de grandes dindes au fier plumage.

Je trouvai la vieille Gudule fardée et parée comme une sirène ; elle a fait l'acquisition de cheveux noirs et d'éblouissantes dents blanches.

L'homme qui s'est le mieux conservé, c'est mon ami le papetier. Ses cheveux sont devenus jaunes, et flottent autour de sa tête ; il ressemble à saint Jean-Baptiste.

Je revis aussi mon vieux censeur. Je le rencontrai au milieu du brouillard, tout cassé, sur le marché aux oies. Il paraissait fort abattu.

Nous nous serrâmes les mains ; une larme nagea dans l'œil du bonhomme. Comme il se réjouit de me revoir ! Ce fut une scène touchante.

Je n'ai pas revu tout mon monde des anciens jours. Plus d'un avait quitté cette vallée de misère. Hélas ! mon cher Gumpelino même, je ne l'ai plus rencontré.

La noble créature venait de rendre sa grande âme. C'est maintenant un des séraphins qui planent au pied du trône de l'Éternel.

En vain je cherchai partout l'Adonis bancal qui vendait, par les rues de Hambourg, des tasses et des vases de nuit en porcelaine.

Sarras, le fidèle caniche de mon libraire, est mort. Quelle perte ! Je parie que Campe eût perdu plus volontiers tout un tas d'écrivains !…

La population de l'État de Hambourg consiste, de mémoire d'homme, en juifs et en chrétiens ; ces derniers n'ont pas non plus l'habitude de donner rien pour rien.

Les chrétiens sont tous des négociants assez solides ; ils aiment également à manger des plats solides, et ils paient exactement leurs lettres de change, même avant le dernier jour de grâce.

Les juifs se divisent, pour leur part, en deux partis dissidents : les anciens vont à la synagogue ; les néojuifs donnent à l'église où ils vont le nom de temple.

Les néojuifs sont très éclairés et mangent du porc ; les anciens sont superstitieux, ils ne croient pas au Saint-Esprit, et détestent le cochon.

J'aime les uns et les autres, mais je jure par les dieux éternels de l'Olympe, que j'aime encore mieux certains délicieux petits poissons qu'on nomme crevettes fumées.

XXIII

En tant que république, Hambourg n'a jamais été aussi puissante que Venise et Florence ; mais Hambourg a de meilleures huîtres. Les meilleures sont celles de la taverne de Lorence.

Ce fut un beau soir que celui où je m'y rendis avec Campe. Nous voulions nous mettre en goguette avec des huîtres et du vin du Rhin.

Nous y trouvâmes bonne société ; j'y revis avec joie maints vieux camarades, par exemple Chaussepié, et maints nouveaux frères.

Là était Wille, dont le visage balafré est un album où ses ennemis d'université se sont à tout jamais inscrits en caractères ineffaçables.

Là était Fucks, un païen, un ennemi intime du bon Dieu. Il ne croit qu'en Hegel, et peut-être encore à la *Vénus* de Canova.

Campe était l'amphitryon ; il souriait de joie, son œil rayonnait d'extase comme une madone transfigurée.

Je mangeai et je bus avec grand appétit, et je

disais en mon âme : Campe est vraiment un grand homme, c'est la fleur des éditeurs.

Un autre éditeur m'eût peut-être laissé mourir de faim, mais lui, il me donne même à boire ; je ne le quitterai jamais.

Je remercie Dieu dans le ciel qui a créé le jus de la treille, et qui pour éditeur m'a donné Julius Campe ici-bas.

Je remercie Dieu dans le ciel qui, par son *fiat* tout-puissant, a créé les huîtres dans la mer et le vin du Rhin sur la terre.

Lui qui fait croître les citrons pour arroser les huîtres. Laisse-moi seulement, ô Père ! bien digérer cette nuit.

Le vin du Rhin me rend tendre, et chasse de ma poitrine tous soucis, il y infuse l'amour de toute l'humanité.

Il me faut alors quitter la salle et flâner dans la rue. L'âme cherche une âme et épie les robes blanches et légères.

Dans de pareils moments, je déborde de tendresse et de désir. Les chats me semblent tous gris, les femmes me semblent toutes des Hélènes.

Et lorsque je fus à la rue Drehbahn, je vis à la lueur de la lune une femme de haute stature, une femme aux appas merveilleusement développés.

Son visage était rond et frais, ses yeux comme des turquoises, les joues comme des roses, sa bouche comme des cerises, et le nez aussi un peu rouge.

Sa tête était coiffée d'un bonnet de lin blanc et empesé, plissé en forme de couronne murale avec des tourelles et des créneaux dentelés.

Elle portait une tunique blanche qui lui descendait jusqu'aux mollets. Et quels mollets ! Ses jambes ressemblaient à deux colonnes doriques.

Ses traits avaient une expression banale et même des plus vulgaires, mais son derrière, d'une étendue démesurée, annonçait un être surhumain.

Elle s'avança vers moi, et me dit : « Sois le bienvenu aux bords de l'Elbe, après treize ans d'absence. Je le vois, tu es toujours le même.

Tu cherches peut-être ces âmes aimantes que tu as rencontrées si souvent dans ces aimables parages ?

La vie les a dévorées, la vie, ce tourbillon vorace, cette hydre aux cent têtes. Tu ne retrouves plus le beau temps d'autrefois et tes belles contemporaines !

Tu ne retrouves plus ces douces fleurs que ton jeune cœur divinisait. Elles ont fleuri ici ; maintenant elles sont flétries, et la tempête les a effeuillées.

Se faner, s'effeuiller, être foulé aux pieds de l'impitoyable destinée, mon ami, tel est le sort de tout ce qui est beau et aimé sur la terre.

– Qui es-tu ? m'écriai-je. Tu me considères comme un rêve des anciens jours. Où demeures-tu, femme majestueuse, ne puis-je pas t'accompagner ? »

La femme se prit à sourire et dit : « Tu te trompes, je suis une personne morale, décente et bien élevée ; tu te trompes, je ne suis pas ce que tu penses.

Je ne suis pas une de ces petites demoiselles, une de ces lorettes parisiennes ; car, apprends-le, je suis Hammonia, la déesse protectrice de Hambourg.

Tu t'étonnes et tu t'effraies à la fois, poète si

courageux d'ordinaire ; veux-tu m'accompagner maintenant ? Eh bien, ne tarde pas davantage ! »

Je partis d'un éclat de rire, et m'écriai : « Je te suis sur-le-champ ; marche en avant, je te suis, dusses-tu me mener en enfer ! »

XXIV

Comment je fis pour arriver au haut de l'étroit escalier, c'est ce que je ne saurais dire. Peut-être des esprits invisibles m'y ont-ils transporté.

Là, dans la chambrette d'Hammonia, les heures s'écoulèrent rapidement. La déesse m'avoua les sentiments sympathiques qu'elle avait toujours eus pour moi.

« Vois-tu, me dit-elle, autrefois celui que j'aimai le plus fut le poète qui chanta le Rédempteur sur sa pieuse lyre.

Là, sur ma commode, est encore le buste de mon cher Klopstock ; mais, depuis longtemps, il ne me sert que pour accrocher mes bonnets.

Tu es maintenant mon auteur favori, ton image

est suspendue à la tête de mon lit. Regarde ! une fraîche couronne de lauriers entoure le cadre du portrait adoré.

Seulement, tu as étrillé trop souvent mes enfants bien-aimés, les Hambourgeois, et je dois t'avouer que ces sarcasmes m'ont profondément blessée. Que cela n'arrive plus !

Le temps, je l'espère, t'a guéri de cette mauvaise habitude, et t'a donné, même envers les sots, une plus grande tolérance.

Mais parle ! D'où te vint la pensée de venir dans ces régions du Nord en cette saison ? le temps est déjà à l'hiver.

– Oh ! ma déesse ! lui répliquai-je, il repose tout au fond du cœur humain bien des pensées qui s'éveillent souvent mal à propos.

Extérieurement j'étais assez heureux, mais intérieurement je me sentis le cœur serré, et ce serrement de cœur croissait de jour en jour ; j'avais le mal du pays.

Cet air de France, ordinairement si léger, commençait à me peser ; il me fallait respirer l'atmosphère de l'Allemagne pour ne pas étouffer.

Je regrettais la senteur de la tourbe de nos poêles allemands, je désirais humer l'odeur du tabac de nos pipes allemandes ; mon pied tremblait d'impatience de fouler le sol natal.

La nuit, je soupirais et j'éprouvais un ardent désir de revoir la pauvre vieille qui demeure non loin du Dammtor ; ma sœur Charlotte demeure tout près.

Et j'ai soupiré plus d'une fois en pensant à ce noble vieillard qui m'a toujours si vertement tancé.

Je voulais entendre encore de sa bouche ces mots de : grand imbécile ! qui m'ont toujours résonné dans le cœur comme une douce musique.

J'avais besoin de revoir la blanche fumée qui s'élève des cheminées allemandes, de marcher sur les bruyères de la Basse-Saxe et dans ses bois de sapins.

J'avais besoin de revoir même ces stations de douleur où j'ai traîné, couronné d'épines, la croix de ma jeunesse.

Je voulais pleurer encore où j'ai pleuré jadis, où jadis ont coulé mes larmes les plus amères. Je crois que l'on nomme amour de la patrie ce fou désir.

Je n'aime pas à en parler ; ce n'est au fond qu'une maladie. Mon cœur pudique cache toujours sa blessure à la foule.

Je hais ce tas de gueux qui, pour émouvoir les masses en leur faveur, étalent sur les places publiques toutes les plaies, tous les ulcères puants de leur patriotisme.

Ce ne sont que d'éhontés mendiants ! La charité, messieurs et mesdames ! Ils veulent avoir l'aumône. Un sou de popularité à Menzel[1] et à ses Souabes.

Ô ma déesse ! tu m'as trouvé aujourd'hui dans une disposition sentimentale ; j'ai le vin tendre. Je suis un peu malade, mais cette maladie ne dure guère longtemps, et je serai bientôt guéri.

Oui, je suis malade, et tu pourrais me ranimer grandement le cœur avec une bonne tasse de thé ; tu y mettras du rhum. »

1. Historien de la littérature et écrivain allemand (1798-1873). Son conservatisme lui valut l'inimitié de Heine et de la Jeune-Allemagne.

XXV

La déesse m'a fait du thé, en y mêlant du rhum. Pour elle, elle a bu le rhum sans le moindre thé.

Elle appuya sa tête sur mon épaule (sa couronne murale, son bonnet, en fut même un peu chiffonné), et elle me dit doucement :

« J'ai pensé souvent avec terreur que tu vis seul, livré à toi-même, dans Paris, cette ville immorale et perverse, au milieu de tous ces frivoles Français.

Tu flânes là, et tu n'as pas seulement à tes côtés un brave éditeur allemand pour te conduire et t'avertir en mentor.

Et la tentation est si grande dans ce pays, il y a là tant de sylphides aussi malsaines que légères ; on y perd vite la paix de l'âme.

N'y retourne pas, reste avec nous ; ici il y a encore de la vertu et des mœurs ; cependant nous nous donnons en cachette de bien doux plaisirs.

Reste au milieu de nous en Allemagne, tu t'y plairas mieux qu'autrefois. Nous progressons, et certainement le progrès évident t'a frappé toi-même.

La censure aussi n'est plus si sévère ; Hoffmann se fait vieux et facile, il ne biffera plus les plus beaux passages de tes *Reisebilder* avec un emportement juvénile.

Toi-même tu deviens vieux et facile maintenant, tu te feras à bien des choses ; même le passé, tu le verras sous un meilleur jour.

On exagérait quand on parlait du malheureux sort de l'Allemagne ; on pouvait échapper à l'esclavage, comme jadis à Rome, par le suicide.

Le peuple jouissait de la liberté de penser ; cette liberté existait pour les masses, et la répression par la censure ne frappait que le petit nombre de ceux qui faisaient imprimer leurs idées.

Jamais l'arbitraire ne régna tout à fait, jamais on n'enleva sans jugement la cocarde nationale, même au plus dangereux démagogue.

Jamais l'Allemagne n'en vint aux extrémités de la misère, malgré toute la rigueur des temps. Croismoi, jamais personne n'est mort de faim dans une prison allemande.

Le temps passé avait bien ses mérites et son charme ; on y voyait s'épanouir les douces fleurs de la foi et du dévouement ; maintenant c'est le règne du doute, de la négation.

La liberté pratique finira par anéantir l'idéal que nous avons dans le cœur. C'est un rêve pur comme celui des lis, et qui se flétrit dans les clameurs démocratiques.

Notre belle poésie aussi va s'éteindre, elle est même déjà un peu éteinte.

Nos enfants auront de quoi boire et manger, mais ce ne sera pas dans le calme de la vie contemplative. J'entends gronder le drame terrible qui se prépare. L'idylle est finie.

Oh ! si tu pouvais garder le silence, je t'offrirais le livre de la destinée, je te ferais voir l'avenir dans mon miroir magique.

Ce que je n'ai jamais montré à aucun mortel, je te le montrerais, l'avenir de ta patrie. Mais hélas ! tu es bavard et ne peux garder le silence.

– Seigneur Dieu, ma déesse ! m'écriai-je plein d'enthousiasme, ce serait mon plus grand bonheur. Laisse-moi voir l'Allemagne de l'avenir, je suis un homme à garder le secret.

Je veux bien te faire tous les serments que tu voudras pour t'assurer de ma discrétion. Parle ! comment et en quel nom dois-je jurer ? »

La déesse reprit : « Jure-moi à la façon du père Abraham, comme il le fit faire à Éliézer, quand celui-ci se mit en voyage pour trouver une femme à Isaac, le fils de son maître.

Lève ma tunique, pose ta main sur mes hanches, et jure-moi d'être discret et de ne jamais, ni par tes paroles ni par tes écrits, divulguer ce que tu auras vu. »

Quel moment solennel ! Je me sentis transporté dans les temps primitifs, lorsque je fis ce serment d'après l'antique usage des patriarches.

Je levai la tunique de la déesse, et je mis la main sur ses hanches, en lui jurant d'être discret et de ne jamais, ni par mes paroles ni par mes écrits, divulguer ce que j'aurais vu.

XXVI

Les joues de la déesse étaient enflammées. Je crois que le rhum lui montait à la tête et gagnait la couronne, et elle me dit d'un ton mélancolique :

« Je commence à vieillir ; je suis née le jour de la fondation de Hambourg. Ma mère était la reine des harengs, ici, à l'embouchure de l'Elbe.

Mon père fut un grand monarque ; on le nommait Charlemagne. Il était encore plus puissant et même plus habile que Frédéric le Grand, roi de Prusse.

Le trône où il s'assit le jour de son couronnement est à Aix-la-Chapelle. Celui dont il se servait la nuit, ma mère, ma bonne mère en hérita.

Ma mère me le donna en mourant. C'est un meuble de peu d'apparence, mais pourtant Rothschild m'offrirait tout son or, que je ne m'en dessaisirais point.

Le vois-tu ? C'est dans ce coin qu'est le vieux siège. Le cuir du dos en est déchiré, et les coussins ont été rongés par les teignes.

Mais va ! lève le coussin qui couvre le siège vénérable, tu verras une ouverture en forme de cercle, et au fond une sorte de chaudière.

C'est une chaudière enchantée où s'amalgament les sucs magiques, et si tu fourres la tête dans l'ouverture, tu verras l'avenir.

Tu verras l'avenir de l'Allemagne sous de flottantes figures ; mais ne t'effraie pas si parfois, de ce chaos, des miasmes fatals s'élèvent jusqu'à toi. »

C'est ainsi que parla Hammonia, et elle sourit d'un étrange sourire. Mais je ne me laissai pas intimider. Plein de curiosité, je me dépêchai de fourrer la tête dans cette terrible ouverture.

Ce que j'ai vu, je ne le révélerai pas. J'ai juré de me taire. À peine m'est-il permis de dire, ô Dieu ! ce que j'ai senti.

Je pense encore avec dégoût aux nausées que me donnaient les maudites odeurs de ce maudit avenir ; c'était comme un mélange de vieille choucroute et de cuir de Russie.

Quelle horreur, ô mon Dieu, que les parfums qui s'élevèrent ! C'était comme si l'on eût violé à la fois les trente-six fosses qui forment la Confédération germanique.

Je sais bien ce que dit jadis Saint-Just au Comité de salut public. Ce n'est pas avec du musc et de l'eau de rose que l'on peut guérir la grande maladie sociale.

Mais cependant, ce parfum d'avenir allemand

était plus fort que tout ce que mon nez avait jamais pressenti ; je ne pus le supporter plus longtemps.

Je perdis connaissance, et lorsque je rouvris les yeux, j'étais encore auprès de la déesse qui appuyait ma tête sur sa large poitrine.

Son œil étincelait, sa bouche était en feu, ses narines se gonflaient. Comme une bacchante, elle prit le poète dans ses bras, et se mit à chanter avec une extase sauvage :

« Reste avec moi à Hambourg, je t'aime, nous boirons le vin, nous mangerons les huîtres du présent, et nous oublierons le sombre avenir.

Remets le couvercle ! Que nulle odeur fétide ne vienne troubler notre joie ! Je t'aime comme jamais femme n'aima un poète allemand.

Je t'embrasse, et je sens ton génie me verser la coupe de l'enthousiasme. Un étrange enivrement s'est emparé de mon âme.

Qu'est-ce que j'entends chanter ? Ce sont les veilleurs de la cité ; ils nous chantent notre épithalame, c'est la musique de la nuit nuptiale, ô doux compagnon de mon ivresse ! »

Les gens de la noce arrivent déjà. Maintenant

vont défiler les prévôts de la ville, armés de cierges allumés. Ils dansent gravement la danse des flambeaux. Ils sautent, ils bondissent, ils chancellent.

Voici le haut et puissant Sénat, voici le Conseil des Anciens ; le bourgmestre tousse, crache, et veut prononcer un discours.

Voici, en brillant uniforme, le corps diplomatique. Il vient nous féliciter avec réserve au nom des États limitrophes.

Voici la députation ecclésiastique, les rabbins et les pasteurs. Mais hélas ! voici Hoffmann aussi avec ses ciseaux de censeur !

Les ciseaux bruissent dans sa main ; furieux, il se jette sur toi. Il taille dans le vif. Hélas ! c'était le meilleur morceau ! »

XXVII

Ce qui se passa encore dans cette nuit d'enchantements, je vous le raconterai une autre fois à une meilleure époque, aux beaux jours de l'été.

Heureusement la vieille race de l'hypocrisie s'en va de plus en plus. Dieu soit loué ! elle descend lentement au tombeau, elle meurt empoisonnée du venin de ses propres mensonges.

L'été sera beau. Une nouvelle génération s'élève, toute sans fard et sans péché, aux pensées libres, aux plaisirs libres. C'est à elle que je dirai tout.

Déjà bourgeonne la jeunesse qui comprend la fierté et les bienfaits du poète, et qui s'échauffe au soleil de son âme.

Mon cœur est aimant comme la lumière ; il est pur et chaste comme le feu. Les grâces les plus nobles ont accordé ma lyre.

C'est la même lyre que fit autrefois résonner mon père, Aristophane, le favori des Muses.

C'est la même lyre sur laquelle il chanta jadis Pisthétairos qui aima Basileia, et s'éleva avec elle dans les airs[1].

J'ai cherché dans le dernier chapitre de mon poème à imiter un peu la fin des *Oiseaux* qui sont certainement la meilleure de toutes les pièces de feu mon père.

1. Dans *les Oiseaux*.

Les Grenouilles sont aussi parfaites ; on les joue maintenant en allemand sur le théâtre de Berlin, au grand amusement du roi.

Le roi aime la pièce ; cela prouve son bon goût antique. Le vieux roi défunt s'amusait bien plus aux coassements des grenouilles modernes.

Le roi aime la pièce. Cependant si l'auteur était encore en vie, je ne lui conseillerais pas de se rendre en personne à Berlin, pour assister à la représentation de sa comédie.

L'Aristophane en chair et en os passerait un mauvais quart d'heure, le pauvre ami ! Nous le verrions bientôt accompagné de chœurs de gendarmes.

La populace aurait bientôt la permission de l'insulter au lieu de l'applaudir. Sa Majesté le roi ferait empoigner par ses argousins le pauvre Aristophane.

Ô roi, je ne te veux pas de mal, je veux te donner seulement un bon conseil. Vénère les poètes morts ; mais aie quelques égards pour ceux qui vivent.

N'offense pas les poètes vivants. Ils ont des

flammes et des traits qui sont plus redoutables que la foudre de ce Jupiter qui a été créé lui-même par les poètes.

Offense les dieux anciens et nouveaux, toute la clique de l'Olympe, et le tout-puissant Dieu de la Bible par-dessus le marché ; mais n'offense pas les poètes.

Les dieux punissent certes bien durement les méfaits des humains ; le feu de l'enfer est pas mal brûlant, on y doit frire et rôtir.

Pourtant il y a des saints dont les prières délivrent le pécheur. Par des dons aux églises, par des messes, on peut acquérir une puissante intercession.

Et à la fin des jours, le Christ descendra et brisera les portes de l'enfer, et bien qu'il rende un jugement sévère, plus d'un gaillard en échappera.

Mais il y a des enfers d'où la délivrance est impossible ; là nulle prière ne vient en aide, là est impuissante la miséricorde du Sauveur du monde.

Ne connais-tu pas l'enfer du Dante, ces terribles terzines ? Celui que le poète y a emprisonné, celui-là, nul Dieu ne peut le sauver.

Nul Dieu, nul Rédempteur ne le délivrera de ces flammes rimées ! Prends garde, roi de Prusse, que nous ne te condamnions à un pareil enfer.

Strophes supplémentaires

L'ALLEMAGNE EN OCTOBRE 1849[1]

La grande tempête s'est calmée, et tout rentre dans la quiétude primitive du pays ; Germania, la grande enfant, se réjouit de nouveau de ses arbres de Noël.

Nous nous remettons à faire de la vie de famille – ce qui dépasse cette félicité domestique est un mal. L'hirondelle de la paix revient et se niche, comme auparavant, sous le toit de la maison.

La forêt et le fleuve reposent dans une tranquillité sentimentale, éclairés par la douce lumière de la lune ; de temps à autre seulement un coup part. Est-ce un coup de feu ? C'est peut-être un de nos amis qu'on vient de fusiller.

Peut-être a-t-on rencontré cette tête exaltée les

1. Les soulèvements qui avaient suivi la révolution de 1848 à Paris avaient été sévèrement réprimés en Allemagne et en Hongrie.

armes à la main (tout le monde n'a pas autant d'esprit que notre confrère Horace[1], qui a pris si vaillamment la fuite).

Encore des coups. C'est peut-être une fête, un feu d'artifice pour l'anniversaire de Goethe[2]. Ou sont-ce des fusées qui saluent la résurrection de Mlle Sontag[3] ? Elle sort de sa tombe de vingt ans, et avec elle revient toute la vieille musique.

Le piano résonne. Voilà aussi Liszt qui revient, le chevalier Franz Liszt ; il vit, il n'est pas étendu sanglant sur un champ de bataille de la Hongrie ; ni un Russe, ni un Croate ne l'a tué.

Le dernier boulevard de la liberté vient de crouler, et la Hongrie verse sa dernière goutte de sang. Mais le chevalier Franz est resté sain et sauf ; il se porte bien, lui et son sabre d'honneur ; le sabre est serré dans sa commode.

Franz vit, il vivra longtemps, et vénérable vieil-

1. Le poète latin avait pris la fuite lors de la bataille de Philippes (en 42 av. J.-C.).

2. Allusion au centenaire de la naissance du poète, le 28 août 1849.

3. Cantatrice allemande (1806-1854), rivale de la Malibran, qui avait quitté la scène en 1830 ; des soucis d'argent la contraignaient à y remonter en 1849.

lard, il racontera à ses petits-fils les grands faits et gestes de la guerre de Hongrie. C'est ainsi, dira-t-il avec sir John Falstaff, c'est ainsi que je fis la passe et que je maniai mon sabre.

Quand ce nom de Hongrie frappe mon oreille, mon gilet de flanelle allemand me devient trop étroit ; c'est comme si une mer s'agitait au-dessous, et je crois entendre le son des clairons.

Dans mon cœur résonnent de nouveau les exploits légendaires oubliés depuis si longtemps, le chant bardé de fer des vieux temps, le chant de la ruine des Nibelungen.

C'est le même labeur héroïque, ce sont les mêmes histoires de héros ; les hommes sont les mêmes, seulement les noms sont changés.

Leur sort est le même aussi. Quelque fièrement que flottent les joyeux étendards, le héros, selon la vieille coutume, doit succomber sous les forces brutales des brutes.

Et cette fois, le taureau a même fait une alliance avec l'ours[1]. Vous tombez, Magyars, mais consolez-

1. Vienne (*le taureau*) avait obtenu l'aide du tsar (*l'ours*) pour écraser les soulèvements en Hongrie.

vous, nous autres Allemands, nous avons bu une honte plus amère.

Du moins ce sont des animaux tant soit peu respectables qui vous ont surmontés honnêtement ; mais nous passons sous le joug de loups, de pourceaux et de chiens vulgaires.

Cela hurle, grogne et aboie ; le rouge me monte au front quand je pense quels animaux sont nos vainqueurs ! Mais silence, ô poète, ces pensées t'excitent ; tu es malade, et te taire vaudrait mieux pour ta santé.

Chronologie

1797 13 décembre : naissance à Düsseldorf de Harry Heine (qui ne prendra le prénom de Heinrich que bien plus tard). Il prétendra longtemps être né en 1800, non par coquetterie, mais pour dissimuler le fait que sa naissance a précédé de deux mois le mariage de ses parents, qui avaient trouvé là le moyen d'obtenir le consentement d'une famille opposée à leur union. Le père, Samson Heine, est un petit commerçant juif, marchand de velours ; la mère, Betty van Geldern, est fille de médecin.

1800 Naissance de Charlotte, sœur de Harry.

1804 Août : à sept ans, Heine entre en cours élémentaire au couvent des Franciscains.

1805 Naissance de Gustav, le frère cadet, qui prendra le nom de jeune fille de sa mère et se fera appeler Gustav von Geldern. Il deviendra officier des dragons de l'empereur d'Autriche.

1806 12 juillet : création de la Confédération du Rhin, placée sous le protectorat de Napoléon. Düsseldorf est occupé par les Français.

1807 Naissance de Maximilian, le benjamin de la famille, futur médecin dans l'armée russe.

1808 Les réformes civiles dans les États amènent à la création du lycée français de Düsseldorf où Heine entre deux ans plus tard.

1812 Classe de philosophie.
11 mars : un édit promulgué par la Prusse interdit aux juifs l'accès à la fonction publique. La carrière de fonctionnaire que ses parents envisageaient pour Heine est sérieusement compromise. Ils vont l'orienter vers le commerce.

1813 Dislocation de la Confédération du Rhin.

1814 Septembre : Heine quitte le lycée, sans diplôme.

Octobre : ne pouvant financer des études supérieures, ses parents le font entrer dans une école de commerce où il va passer deux ans.

1815 Au cours d'un bref séjour à Francfort, Heine fait un stage chez un épicier, puis chez un banquier. Peu enthousiasmé par cet apprentissage, Heine rentre à Düsseldorf.

1816 Ses parents l'envoient travailler à Hambourg, dans la banque de son oncle paternel, Salomon Heine, ancien garçon de courses devenu millionnaire, en fait un parvenu capricieux. Pour Heine, c'est le début d'une longue dépendance : toute sa vie il restera le parent miséreux de l'oncle millionnaire. Ses activités bancaires vont se poursuivre de l'été 1816 à l'été 1818 et se terminer par un fiasco. Heine n'a décidément aucune disposition pour les affaires.

Cependant, il n'a pas tout perdu : il retrouve, dans la maison de campagne de l'oncle Salomon, une des filles de celui-ci, sa cousine Amélie, dont il tombe éperdument amoureux.

1817 Il publie ses premiers poèmes dans une revue de Hambourg.

1818 Mai : constatant l'échec des tentatives bancaires de son neveu, Salomon Heine lui confie des fonds pour ouvrir un commerce de tissus, la maison *Harry Heine & Cie*… que Heine mettra tout juste un an à couler.

1819 Mars : liquidation de la *Harry Heine & Cie*. Fin de la carrière commerciale du poète.
Juin : retour à Düsseldorf. Salomon Heine décide de financer les études de son neveu plutôt que d'en faire un collaborateur ; il pose néanmoins une condition à son soutien : que le garçon choisisse d'étudier dans un domaine susceptible de nourrir son homme.
Octobre : Heine s'installe à Bonn.
Décembre : il s'inscrit à la faculté de droit et suit également les cours de l'écrivain et chef de file de l'école romantique August Wilhelm von Schlegel, dont il fait ainsi la connaissance. Heine découvre le romantisme, avec lequel il entretiendra des rapports ambigus, le fustigeant et le prati-

quant tour à tour. Il se livre pendant ces années-là au nationalisme idéaliste de la *Burschenschaft*, mais s'en fait très vite exclure.

1820 Il quitte Bonn pour s'inscrire à l'université de Göttingen.

1821 Février-mars : il est renvoyé pour un semestre à cause d'une affaire de duel. De son adversaire, qui lui inflige un coup d'épée dans les reins, il dira : « Il est le seul homme qui ait su me blesser de la manière la plus sensible. »
Il quitte donc Göttingen et va poursuivre ses études à Berlin, où il restera jusqu'en mai 1823. Il a notamment pour professeurs Hegel, le juriste et futur ministre de Prusse Friedrich Karl von Savigny et le grand linguiste Franz Bopp.
Il mène une vie mondaine et fréquente le salon littéraire que tiennent à Berlin Karl August Varnhagen et sa femme Rachel Levin, grande admiratrice de Goethe, avec qui il restera lié toute sa vie et qui exercera sur lui une influence considérable.

Décembre : il publie un premier recueil de poèmes, *Gedichte*, où s'exprime son amour malheureux pour Amélie. Les droits d'auteur sont maigres : quarante exemplaires gratuits... Le début de ce qui deviendra une constante dans les rapports de Heine avec ses éditeurs : il se fera toujours gruger.
C'est cette année-là que ses parents quittent Düsseldorf pour Lunebourg et que l'indifférente Amélie épouse un propriétaire terrien de Königsberg.

1822 Février à juillet : publication en revue des *Lettres de Berlin*.
Août : Heine devient un membre actif de la Société juive de culture et de science, pour des raisons idéologiques plus que religieuses : il entend lutter farouchement contre l'oppression sociale des juifs. Mais cette association est un échec : la masse ne la comprend pas, et les riches ne la soutiennent pas.
Septembre : voyage en Pologne, dont Heine va tirer *De la Pologne*, qui paraîtra l'année suivante à Berlin.

Octobre : il se lie avec Hegel – qu'il va adorer puis rejeter, comme beaucoup de ses passions.

1823 Avril : parution de *Tragödien, nebst einem lyrischen Intermezzo* (*Tragédies avec intermezzo lyrique*), comprenant *Almansor*, *William Ratcliff* et le cycle de l'*Intermezzo lyrique*.
Mai : Heine quitte Berlin et fait plusieurs séjours à Lunebourg, chez ses parents, ainsi qu'à Hambourg.
Été : il tombe amoureux de la sœur d'Amélie, Thérèse, fille cadette de l'oncle Salomon, plus sensible, semble-t-il, à ses hommages. Mais son père la destine plutôt à un Hambourgeois rangé qu'à ce cousin poète qui ne tient pas en place. Heine a envie de partir pour la France, mais Salomon n'accepte de subventionner qu'une nouvelle année de droit…

1824 Janvier : Heine termine ses études à Göttingen, délaissant Berlin, trop riche en tentations de tous ordres.
Septembre-octobre : il fait une longue marche dans les montagnes du Harz, qui va

lui inspirer sa première œuvre en prose, *les Montagnes du Harz*, puis va rendre visite à Goethe à Weimar.

1825 28 juin : la mort dans l'âme, Heine se convertit au protestantisme. Il faut être baptisé pour avoir le droit d'exercer la profession d'avocat. Il dit de cette conversion qui lui répugne qu'elle est « le billet d'entrée donnant accès à la civilisation européenne », l'unique moyen de s'assurer un avenir meilleur. Désormais, il s'appellera Heinrich.

Juillet : Heine est docteur en droit. Les autorités universitaires acceptent sa thèse avec tiédeur, mais l'acceptent tout de même. En guise de récompense, son oncle Salomon lui offre un séjour à la mer, à Norderney.

Été-automne : il quitte Göttingen et va s'installer à Hambourg dans la molle intention de s'y faire avocat, velléité dont plus jamais on n'entendra parler. Heine se résout à vivre des subsides de son oncle qui lui alloue l'équivalent de quatre mille francs par an.

1826 Mai : publication des premiers *Reisebilder* (*Tableaux de voyage I*), mêlant prose et poésie, à Hambourg chez l'éditeur Julius Campe. L'ouvrage comprend *le Retour, les Montagnes du Harz, la Mer du Nord* et connaît un retentissement important.

Juillet : encouragé par ce succès, Heine retourne à Norderney composer la suite de *la Mer du Nord*.

Septembre : il habite chez ses parents, à Lunebourg, jusqu'en janvier de l'année suivante. Il y compose *le Tambour Legrand*.

1827 Janvier : il quitte Lunebourg pour Hambourg, où il va surveiller l'impression des *Reisebilder*.

Avril : parution du deuxième volume des *Reisebilder*, comprenant *le Tambour Legrand, l'Île de Norderney* et *Lettres de Berlin*. Ce deuxième volume connaît un succès plus vif encore que le précédent.

Dans le même temps, Heine part pour six mois en Angleterre. Il revient à Hambourg en septembre.

Octobre : parution du *Buch der Lieder* (*le Livre des chants*), recueil de ses premières poésies, dont *Jeunes souffrances*, *Intermezzo lyrique*, *le Retour* et *la Mer du Nord*.

Fin novembre : il se rend à Munich pour y codiriger la revue réactionnaire *Neue allgemeine politische Annalen* (*Nouvelles annales générales de politique*), tâche plutôt bien rétribuée, mais dont il ne s'acquittera que le premier semestre 1828, n'ayant guère de goût pour ce genre de travaux rédactionnels. En venant à Munich, il espère surtout s'y voir offrir un poste de professeur d'université, comptant sur la bienveillance du ministre de l'Intérieur. Là encore, l'histoire n'est pas sans équivoque.

Dans le même temps, il apprend les fiançailles de Thérèse avec un homme de loi de Hambourg.

1828 Mi-juillet - décembre : il part pour l'Italie (Milan, Gênes, Florence, Venise, Lucques). Il attend toujours d'être convoqué pour une chaire à l'université de Munich. En vain. Il se décide à regagner l'Allemagne.

2 décembre : mort de son père.

1829 Heine reste quelque temps à Hambourg,

puis séjourne à Berlin et à Potsdam. Il rédige dans la morosité le troisième volume des *Reisebilder*.

Août-septembre : il fait une cure à Helgoland, une île, alors anglaise, de la mer du Nord, où il soigne des maux de tête d'origine nerveuse.

Début octobre : il part pour Hambourg rendre visite à sa mère qui s'y est installée, et surveiller l'impression du troisième volume des *Reisebilder*, comprenant *Voyage de Munich à Gênes* et *les Bains de Lucques*.

Décembre : l'ouvrage paraît, dans lequel Heine attaque Karl August von Platen, contempteur aussi bien du romantisme que de la Jeune-Allemagne. Les *Reisebilder III* provoquent une querelle littéraire.

1830 Été : à nouveau en cure à Helgoland, Heine apprend la nouvelle des trois Glorieuses. Bouleversé, il écrit le 10 août dans son journal : « Je suis fils de la révolution [...] je ne suis qu'allégresse et chanson, glaive et flamme. »

1831 Janvier : parution du quatrième volume des

Reisebilder, composé de *la Ville de Lucques* et de *Angleterre*.

Mai : parution de la préface à *Kahldorf sur la noblesse dans des lettres au comte M. von Moltke*.

Heine part enfin pour Paris où il arrive le 20 mai. Son idéal ? Servir de truchement, de trait d'union entre la France et l'Allemagne. L'illusion sera de courte durée.

Août : il passe ses vacances sur les côtes de la Manche.

Septembre : il rencontre dans les milieux libéraux et socialistes allemands le publiciste Ludwig Börne, arrivé à Paris dix ans auparavant, avec lequel il noue des contacts réguliers.

Octobre : Heine commence à travailler comme correspondant pour la presse allemande et publie notamment des chroniques sur le Salon de 1831.

1832 De janvier à juin : il fait paraître une série d'articles politiques importants dans la *Gazette universelle d'Augsbourg*.

Décembre : parution de *De la France*, comprenant le *Salon de 1831*.

Metternich ne va pas tarder à protester contre

les correspondances de Heine, qu'il appelle « Henri Heine, communiste de Paris ». Les chroniques cesseront de paraître pendant huit ans.

Cette année-là, Heine soigne son cousin Karl, le fils de l'oncle Salomon, malade du choléra dont une épidémie frappe la population parisienne.

1833 Mars-mai : *l'Europe littéraire* publie *État actuel de la littérature en Allemagne depuis Mme de Staël* où Heine dénonce l'idéologie conservatrice, et qui paraîtra ultérieurement en volume sous le titre *l'École romantique.*

Décembre : parution du *Salon I*, comprenant les *Mémoires de M. Schnabelewopski.*

1834 Mars-décembre : parution dans la *Revue des Deux Mondes* de *De l'Allemagne depuis Luther* (publié ultérieurement en Allemagne dans le *Salon II* sous le titre *Histoire de la religion et de la philosophie en Allemagne*).

Mai : publication des *Tableaux de voyage* en deux volumes, à Paris, chez Eugène Renduel.

Octobre : Heine rencontre Crescence Eugénie Mirat, une grisette, qu'il appelle plus commodément « Mathilde » dans ses poèmes. Il a trente-sept ans et, au grand dam des bourgeois du temps, va vivre sept ans en union libre avant de l'épouser.

1835 Avril : parution en deux volumes de *De l'Allemagne*. L'ouvrage comporte *De l'Allemagne depuis Luther* et *l'École romantique*.
10 décembre : la Diète fédérale de Francfort condamne le mouvement littéraire de la Jeune-Allemagne, proscrivant toutes les œuvres des auteurs qui s'en réclament. Heine, Heinrich Laube, l'anticlérical Karl Gutzkow, Theodor Mundt, qui prône la libération sexuelle de la femme, et jusqu'à Ludolf Wienbarg, pourtant plus prudemment nationaliste que ses confrères, sont tous réduits au silence et à la gêne.
En outre, Heine est en froid avec l'oncle Salomon, qui lui a coupé les vivres. Il finit par accepter une pension que le gouvernement français accorde aux réfugiés politiques. On l'accusera plus tard d'avoir vendu sa plume au gouvernement Guizot. Bien que démocrate et révolutionnaire, Heine,

on l'a vu, était coutumier de ces « erreurs d'appréciation ».

1836 Fin septembre : il fait un voyage dans le Midi.

1837 Juillet : parution du *Salon III*, comprenant *les Nuits florentines* et *Traditions populaires*.
Fin décembre : *Lettres confidentielles* paraît en revue. L'ouvrage sera traduit en français l'année suivante.

1840 Février : Heine reprend ses chroniques et publie une nouvelle série d'articles sur la France pour la *Gazette universelle d'Augsbourg*.
Août : parution de *Louis Börne*. L'ouvrage suscite de vives polémiques, Börne étant mort trois ans auparavant et les relations entre les deux hommes ayant été plutôt orageuses.
Octobre : parution du *Salon IV*, comprenant *le Rabbin de Bacherach*.

1841 Août : Heine épouse Mathilde. Il a quarante-quatre ans. Après s'être beaucoup fait prier, l'oncle Salomon va porter la pen-

sion allouée à son neveu à quatre mille huit cents francs.
Cette année-là, Heine se bat en duel avec le mari de Jeannette Wohl-Strauss, amie du défunt Börne. La querelle tient aussi aux rumeurs que Mme Wohl-Strauss fait courir sur la fidélité de Mathilde.

1843 Janvier-mars : *Atta Troll, rêve d'une nuit d'été* paraît en revue (il sera publié en volume quatre ans plus tard).
21 octobre : Heine quitte Paris pour Hambourg afin de rendre visite à sa mère qu'il n'a pas vue depuis douze ans. C'est ce voyage qui lui inspire *Germania, conte d'hiver.*
Il reste à Hambourg jusqu'au 8 décembre.
Le 18 décembre, il est de retour à Paris où il se lie d'amitié avec Karl Marx.

1844 16 avril : le gouvernement de Prusse ordonne l'arrestation de Marx, de Heine et d'Arnold Ruge, l'un des tenants de la gauche hégélienne, s'ils se présentent en territoire prussien.
Juillet-octobre : Heine se rend néanmoins à Hambourg, mais par la mer, afin de veiller à

l'impression de son prochain livre. Dans ce voyage, qui est aussi le dernier qu'il fera à Hambourg, il est accompagné par sa femme.

Septembre : parution de *Neue Gedichte* (*Nouveaux poèmes*), comprenant notamment les *Zeitgedichte* (*Poèmes actuels*) ainsi que *Germania, conte d'hiver*, dont les traits satiriques ont été atténués par la censure. Heine en envoie les bonnes feuilles à Marx pour publication dans le journal révolutionnaire allemand *Vorwärts !*

Fin décembre : mort de l'oncle Salomon et début d'une succession conflictuelle qui va durer deux ans. Salomon avait promis à Heine qu'à sa mort la pension continuerait de lui être versée et que, si Heine venait lui-même à décéder, Mathilde toucherait toujours la moitié de la somme. Mais Salomon n'ayant pris aucune disposition dans ce sens, Heine va longuement batailler contre Karl, son cousin, que rien n'oblige à obtempérer. Très frappé par ce coup du sort, Heine voit son état de santé s'affaiblir : il est gagné par une paralysie qui lui fait pratiquement perdre la vue.

1845 Janvier : les collaborateurs de *Vorwärts !* sont expulsés et Marx est contraint de quitter la France. Il part pour Bruxelles. « De tous les gens que je laisse ici, écrit-il, c'est de laisser Heine qui m'est le plus désagréable. » Heine, quant à lui, n'est pas inquiété.

Son état de santé s'aggrave.

1847 Février : Karl finit par céder et par accorder à Heine la pension réclamée. En contrepartie, le poète s'engage à ne rien publier sur la famille, ce qui va entraîner la destruction de ses *Mémoires*.

Avril : publication de *la Légende de Faust*. L'édition allemande paraîtra quatre ans plus tard.

1848 Heine est hospitalisé. Il entrevoit néanmoins les combats de rue de la révolution et écrit dans une lettre datée du 14 mars : « Il aurait fallu que je fusse mort, ou bien portant. »

Mai : il s'effondre devant la Vénus de Milo, au Louvre.

De juillet à septembre : la *Revue des Deux Mondes* publie les *Poésies de Henri Heine*, avec une introduction et une traduction de Gérard de Nerval.

Septembre : Heine ne quitte plus son lit, qu'il appelle son « matelas-sépulcre ».

1851 Octobre : parution de *Romancero.*

1853 Avril : la *Revue des Deux Mondes* publie *les Dieux en exil.*

1854 Septembre : la *Revue des Deux Mondes* publie *Aveux de l'auteur.* Le texte allemand paraît le mois suivant.

Octobre : parution de *Vermischte Schriften* (*Écrits mélangés*).

Décembre : Heine travaille à la publication des premiers volumes de ses *Œuvres complètes.*

1855 Parution des *Œuvres complètes* chez Michel Lévy, comprenant *Poèmes et Légendes*, où Heine a sélectionné ses textes favoris en français.

Élise Krinitz, que Heine appelle « la Mouche », s'introduit un jour chez lui ; il lui voue une sorte d'ultime amour et écrit *Pour la Mouche.*

1856 17 février : mort de Heinrich Heine à l'âge de cinquante-neuf ans, au terme de huit ans de paralysie totale.
Le 20 février, il est inhumé au cimetière Montmartre, conformément à ses vœux. « Car, disait-il dans son testament, j'ai passé ma vie la plus chère parmi la population du faubourg Montmartre. »

Table

Dans la même collection :

Cantique des cantiques

Arnim
Isabelle d'Égypte

Balzac
Ferragus
Le Lys dans la vallée
Le Père Goriot

Baudelaire
Les Fleurs du mal
Petits Poèmes en prose

Bertrand
Gaspard de la Nuit

Casanova
Lettres à un majordome

Cazotte
Le Diable amoureux

Corbière
Les Amours jaunes

Crébillon
Les Égarements du cœur et de l'esprit

Darien
Bas les cœurs !
Le Voleur

Denon
Point de lendemain

Desjardins, Boursault, Guilleragues
Lettres d'amour du XVIIe siècle

Dickens
De grandes espérances

Diderot
Paradoxe sur le comédien
Jacques le Fataliste

Flaubert
L'Éducation sentimentale
Madame Bovary
Trois Contes

Gautier

La Mille et Deuxième Nuit

Gibbon

Histoire du déclin et de la chute de l'empire romain d'Occident

Gogol

Les Âmes mortes

Le Revizor

Hamilton

Mémoires du comte de Gramont

Hugo

Le Dernier Jour d'un condamné

Kafka

La Métamorphose

Kipling

La Lumière qui s'éteint

Longus

Daphnis et Chloé

Mme de Lafayette
La Princesse de Clèves

Louÿs
Mon Journal

Machiavel
Le Prince

Marivaux
Le Paysan parvenu

Maupassant
Le Horla et autres histoires
La Petite Roque

Musset
La Confession d'un enfant du siècle

Nadar
Quand j'étais photographe

Nerval
Les Filles du feu, Aurélia

Poe

La Chute de la Maison Usher

Abbé Prévost

Manon Lescaut

Racine

Lettres à son fils

Radiguet

Le Diable au corps

Rilke

Lettres à un jeune poète

Sand

Journal intime

Stendhal

Armance

Histoire de la peinture en Italie

Lettres à Pauline

Nouvelles romaines

Le Rouge et le Noir

Svevo
Court voyage sentimental

Swift
Voyages de Gulliver

Verne
Les Indes noires

Voltaire
Mémoires

Wilde
Le Portrait de Dorian Gray

Zola
L'Assommoir
La Curée
Germinal
Nana

Zola

L'Assommoir

La Curée

Germinal

Nana